文春文庫

ダチョウは軽車両に該当します

似鳥鶏

文藝春秋

もくじ

章扉イラスト　スカイエマ
章扉デザイン　大久保明子
ＤＴＰ制作　ジェイ エスキューブ

本書は、当文庫のための書き下ろし作品です。

ダチョウは軽車両に該当します

第一章　公道上のダチョウ

0

三人の男が話している。

男たちはお互いによく似ている。年齢。背格好。髪形。着ているスーツ。一つ一つのものを客観的な物差しで確認していけば、どの点においてもそれほどの共通点があるわけではない。だがそれらを総合して元の男の形に戻してしまうと、確かに差異があったはずなのにやはり似ていると感じてしまう。そのような具合に似ている。まるで三人で一つの、お互いが似ているように見える透明の膜をかぶっているようである。同じ鞘に納まるえんどう豆のように。一つの布団の中でじゃれあう子供たちのように。

三人の男は話している。

「そうすると、学校など経由で」

「まあ、どこの学校にも飼育小屋の鶏くらいはいますので」

「やはり中心は子供かな」

「まあ、あとはお年寄り。ジジババと孫、ですね」

「いいね、子供」

「全国展開するとなると何人くらいですかね」

「四、五人というところでしょうね」

「一人頭どのくらい」

「実際やってみないと分かりませんが、一億あたりはいってしまうかと」

「まあ金の方はわりとどうでもいいんだけどね」

「そこで割に合う合わないが決まるわけでもありませんしね」

「まあ、イメージの問題ですから。その点、子供は無敵ですよ」

三人の男が話している。男たちはよく似た話し方をしている。お互いの雰囲気が似ているがゆえに話し方まで似ているように感じられるのかもしれないし、話し方が似ているから雰囲気が似ているように感じられるのかもしれない。あるいはこの男たちはお互いの思考回路がよく似ていることを自覚していて、その自覚が無意識のうちに、彼ら三人の間に、お互いをお互いに似せようとする何らかの圧力を生み出しているのかもしれない。

そうだとしても、三人はそのことに気付いていない。彼らはただ、似た雰囲気で話している。

1

マラソンという競技を見るとつくづく実感するのが、人類は進歩する、ということだ。それも生物史のタイムスケールからすれば驚くほどの短期間に、爆発的に進歩している。紀元前四九〇年、マラトンの戦いにおける勝利を伝えるためアテナイまでの約四十キロを走った兵士は「我ら勝てり」のひと声を叫ぶと死んでしまったという。だが今では何万人という選手が四二・一九五キロもの距離を、タイムを競いながら走り抜けてぴんぴんしている。英雄でも何でもない、そこらへんのおじさんやおばさんが、である。古代、命を賭して遂げられた重要任務は二五〇〇年後にスポーツになり、「健康増進」のためのレクリエーションとして無数の一般市民に嗜(たしな)まれている。これを知ったらアテナイ兵のみなさんはどんな顔をするだろうか。

とはいえ、あんなとんでもない距離を走ろうと思う時点でやはり、ランナーになる人たちの精神力には驚かざるを得ない。僕自身のことを考えるに、何かの必要に迫られて四二・一九五キロを走らなくてはならなくなったとしても、止まったり死んだりしないで完走できる自信はほとんどない。

「本郷さん凄いなあ。普段わりとすぐ『いやあ疲れた疲れた』とか言うのに」

「『ランニングの体力は別腹』って言ってましたよ」隣の七森さんが言う。「仕事でどんなに疲れてても、ランニングのペースは落ちないんだそうです。凄いですよね」

「ラクダ担当してるせいかなあ、頑丈なのは。あの人、病欠とか全然ないんだよね」

県民マラソンの開催日である。本郷さんという先輩が、僕たちの勤め先である楓ヶ丘動物園の宣伝ウェアを着て出場してくれるというので、獣医の鴇先生や爬虫類担当の服部君も誘って応援にきている。動物園の飼育員という仕事は今日のような日曜が一番忙しいのだが、シフトの妙でたまたま休みが揃ったのは幸運である。

「これまで一番長く走ったのっていうと、高校のマラソン大会かなあ。十キロだった」

唸りつつそう言うと、七森さんも腕を組んで首をかしげた。「私もそれですね。なぜか女子は八キロでいいっていう変なルールがあったから、楽でした」

「八キロか。今はそれでもきつそうだなあ」隣の七森さんを見る。小さいのでだいぶ見下ろす角度になるのだが、明朗快活、元気溌剌の彼女なら、八キロぐらいの距離はたたたた、と軽やかに走り抜けてしまいそうでもある。

斜め後ろから声がする。「先輩は高校時代、十キロを完走できましたか」

視線だけそちらにやりつつ「いっぱいいっぱいだったけど」と答えると、斜め後ろの服部君は興味深げに眼鏡を押し上げた。「ほほう、良さそうですね」

「何が？」

「いえ。体育教師に変装してゴールに立ち、先輩の前の人がゴールした瞬間に『今のが百位。百位以下の者はプラス五キロ』と怒鳴ってみたらさぞかし快感だっただろうと想像しただけです」

「ひどいねそれ」

「何か記録は残っていますか。当時の写真や映像など残っていれば是非、複製を頂きたいところですが」

「いや、ないけど」

「できれば、息絶え絶えな様子がなるべく分かるものを頂きたいのですが」

「ないってば」何を言っているのかよく分からないが、とりあえず服部君は変態である。

僕は服部君から視線を逃がし、まだ選手の姿がないコースを黙って見ている鴇先生を、七森さんの頭越しに見る。こうして並んでみると二人の間にはだいぶ高さに差があり、姉妹というか娘母（おやこ）に見えるのだが、一見して鋭い印象を与える鴇先生は可愛らしい七森さんとは正反対の雰囲気を持ち、また普段あまり喋らない。口数が少ないだけでなく平素からそれほど人づきあいを親密にしない人であり、今日こうしてマラソン大会の観戦に来たのも、彼女に懐いている七森さんが行きましょうよとねだって引っぱってきたからなのだ。

商店街を走る二車線道路は午前八時半から通行止めとなっている。車道からは自動車をはじめとするすべての通行者が排除されてがらんとしており、遅めに上った秋の太陽に照らされたアスファルトは、数十分後に訪れるであろう喧噪に対して身構えるように沈黙している。現在、午前九時二十五分。選手たちは九時にスタートしたはずなのでここを通るのはもう少ししてからになるはずだが、沿道はそろそろ観客同士の隙間がなくなってきている。

「車道に車がいないっていうの、なんだかお祭りっぽくていいですよね」

「ああ。そういえば、お神輿が通る時に似てるね」

給水所やチェックポイントが近くにあるわけではないので、一定間隔でコーンが置かれている以外に普段と異なるところはない。だが皆が道路の左右に並び、やってくるランナーを待っている、という状況はそれだけで非日常の雰囲気を醸すようだ。カメラを構えて早々と通りの様子を撮影している人。二階の窓を開けて通りを見下ろす商店のおじいさん。バイクを引いて観客に加わる通りすがりのお兄さん。皆がそう大声で喋っているわけではないし、幟(のぼり)や提灯が出ているわけでもないのに、通りの雰囲気は賑やかである。

「先頭集団が二時間ちょっとで走るとしても、ここに来るのはもうしばらくしてからですね」僕は腕時計を見た。今回はゲストとして、パラリンピック銀メダリストの野村俊介という選手が参加している。彼に本気で挑戦してやろうという速い人もかなりいるはずだった。「本郷さん、どのくらいで来るでしょうね」

「先頭集団に交じって野村俊介とデッドヒートしてたら面白いですね」七森さんが笑ってデジカメを出した。「そしたら、そこだけでも撮ってあげましょう」

そう言っているそばから周囲がざわつき始めた。向かって右の方からざわめきが伝播してきて、観客たちはむこうにいる人から順々に、ウェーブでもやっているように右側を向いていく。

「もう来た。早いですね」七森さんがガードレールから身を乗り出して右側を見ようとする。

同じく右の方を見ていた鴇先生が首をかしげた。「変ね。選手が来るのは反対側のはずだけど」

そういえば、と思ったが、なぜか右側の観客はざわついている。身を乗り出して見ると、何やら二十メートルほど離れた角の所で人垣が膨らみ、列が乱れていた。

どうしたのだろうと思っている間にざわめきの中心が僕たちのところまで移動してきて、それにつれて周囲の観客の視線が右から斜め右、そして正面に移った。コース上を驚くべきハイペースで独走するダチョウが目の前を通り過ぎた。

ダチョウは沿道の人間全員の視線を引っぱって左の方に駆けていった。僕はそちらを見たまましばらく思考停止していた。

が。

——いや、待った。ダチョウだって？

思わずダブルアクションで右を見てまた左を向く。コースの真ん中を悠々と走って遠ざかっていくのは、長い首と立派な脚、縁だけ白で残りが黒の、温かそうな羽根をわっさわっさと揺らす——。

……紛れもないダチョウ、だった。オスの成鳥だ。

「な。……えっ？」あまりのことに声が出ない。その間にダチョウは優雅なストライドで遠ざかっていってしまう。

「桃さん、今のってダチョウさんですよね？」七森さんも混乱した声で言う。「着ぐるみの人間さんとかじゃなくて、本物さんでしたよね？」

「余興、大会マスコット、実は中に人間が……といったものではなさそうですね」服部君が眼鏡を押し上げながら、ダチョウの走り去った方を見ている。「とすると、近所の農家から脱走しましたか」

「あなたたち、何のんびり突っ立ってるの」

なぜか遠くから鴇先生の声がした。見ると、先生はコース上に出ていて、周囲に数人の野次馬を集めつつ、傍らに倒れた男の子の手当てをしている。

「先生、その子」

「近付いて蹴られたのよ」言いながらも、先生は野次馬のおじさんから差し出されたネクタイをもぎ取るように奪い、すでにどこかから手に入れていた雑誌に巻いて添え木を作っている。「相当興奮しているから、早く捕獲しないと怪我人が出るでしょう。それにむこうからは選手が来るのよ。ぼやぼやしない！」

「えっ」思わずガードレールを乗り越えた僕は後ろを振り返る。ダチョウの姿はカーブのむこうに消えているが、観客のざわめきがむこうに移っていったのは聞こえている。

「僕たちですか」

「どう見たって私たちでしょう。他に誰がいるの」僕の反応が鈍すぎたようだ。先生は普段めったに出さない大声になった。「このままだと数分後に先頭集団と鉢合わせよ。大混乱になる前になんとかしなさい」

自分たちの職種を考えれば確かにそうだ。何故にダチョウがマラソン大会に参加しているのか分からないが、とにかく一刻も早く捕獲しなくては素っ頓狂かつ滅茶苦茶な事態になる。興奮したダチョウが先頭集団や観客の中に飛び込んで暴れまわれば怪我人続出、ダチョウの方も殺処分になりかねない。

「桃さん」七森さんが僕の袖を引っぱる。

「うん。急ごう」

とは言ったものの、とっくに先に行ってしまったダチョウにどうやって追いつけばいいのだろう。ダチョウの走る早さは最高で時速七十キロ。ウサイン・ボルトの全力疾走と同じ速度で進む「動く歩道」の上を全力疾走するウサイン・ボルトと同じ速度なのだ。

なんだか混乱してきた。やはり今の僕は相当慌てているらしい。

とにかく、人間が走って追いつけるような動物ではない。僕は周囲を見回す。

「桃さん、どうします？　走って追いかけても」

「コースの地図はある？　ショートカットして先回りするしか……」

「先輩。こちらです」いつの間にか消えていた服部君が、きょろきょろしていた僕と七森さんを呼んだ。見ると、彼はバイクを押している。「これでどうぞ。バイクは乗れますか」

「おっ」もうコース内でも構っていられない。人垣の前に飛び出て服部君に駆け寄る。

「そんなの、どこから」

「こちらの人から買いました」服部君は後ろに立っていたお兄さんを指さし、それからそちらに振り返ると、財布からチケットのようなものを出して彼に渡した。「支払はこれで。この欄に好きな金額をお書きください」

渡したのは小切手らしい。ドラマの中でしか聞いたことのない台詞を目の前で言われてこちらは驚愕したが、服部君は財布から一万円札の束をばさりと摑み出すと、いきなり小切手を摑まされてぽかんとしているお兄さんに押しつけた。「換金まで二、三営業日かかりますので、これは前金ということで」

「服部君、今いくら渡したの」

「さあ。数えていないので」

再び驚愕している間に七森さんが僕からハンドルを奪い、エンジンをふかす。「桃さん、いけます」

「あっ、うん」そういえば彼女はバイク通勤だった。七森さんがさっさと前に跨ってしまったので、僕は小さいシートの後ろに無理矢理乗るしかない。「ちょっ、これ二人乗りできなくない？」

「タンデムステップがないので、マフラーにそっと足を載せてください。で」七森さんは少し恥ずかしそうに声を落とした。「私にしっかりつかまってください」

「大丈夫？」そもそもノーヘルなのだが、周囲の目を気にしている場合でもない。覚悟を決めて七森さんにつかまる。

「僕と鴇先生もすぐ追います。ご武運を」

服部君がそう言い終わらないうちに、七森さんはエンジンをふかす。「発進します！」

いきなり後ろに引っぱられるような感覚があり、僕は慌てて、七森さんに回した腕に力を込める。あまり力を入れると彼女が折れそうなのだが、平気なのだろうか。

前方からの風と、それによってなびく七森さんの髪が顔にぱさぱさ当たるのに耐えながら、肩越しに七森さんに怒鳴る。「これ、ダチョウに追いつくスピード出せる？」「どうしましょうか。」

「125ccなんです。七十キロは無理です」七森さんも前を見たまま怒鳴る。「どうしましょうか。ショートカットした方がいいですか？」

「いや」ちょっと考えて答える。「どこかで立ち止まってるかもしれない。このまま後ろから追いつこう」

「はい」七森さんは少し前傾した。

バイクが加速する。商店の看板、頭上の電線。そして沿道にずらりと並ぶ観客たち。周囲の景色が高速で後方に流れていく。七森さんはセンターラインの真上を走っているので、左右の観客に注目されてまるでパレードの主役になったようだ。こんなに堂々と道交法違反をする羽目になるとは思わなかった。

「でも、服部さんすごいですね。さっき、いくら渡しました?」

「少なくとも十万はあった」それ以前に、個人で小切手を振り出している時点で普通ではない。「いつも着てる服がブランドものだなあ、とは思ってたけど」

「すごい家の人だったんですね」

「うち、変な出自の人多いから。鴇先生だって元研究者で、博士号持ってるっていうし」

「あ、跳ねますよ！」

「うわ」

アスファルトに凹凸があったようだ。予想したほどではなかったもののバイクがぼくん、と揺れ、僕は慌てて腕に力を入れ直す。

「スピードはこれが限界なんです。追いつけるでしょうか」

「むこうだってずっと全力疾走はしてないはずだ。なんとかなる」

だが、沿道には隙間なく観客が並んでいるから、自主的にコースを外れてくれることは期待できない。ダチョウがさっきのペースでこのままコースを逆走したとして、むこう側からやってくる先頭集団にぶつかるまでであとどれだけの猶予があるだろうか。それとも、もうぶつかってしまっているだろうか？

黄色の点滅信号が出ている交差点に入り、七森さんが車体を傾けて左折する。「いました！」

彼女の肩越しに僕にも見えていた。ダチョウの後頭部と尻が、二十メートルほど前を進んでいる。こんな状況なのにのっしのっしと優雅に走るダチョウだが、内心では相当興奮しているらしく、時折無意味に羽を広げたりしながら蛇行し、そのたびに近付かれた観客から悲鳴が上がっていた。

「どうしますか？」

「まず前に出る。充分追いぬいてから停めて」

「はい！」

七森さんがエンジンをふかし、バイクがもう一度加速する。僕は振り落とされないように腕に力を込めた。体が後ろに引っぱられるような気がする。少しバランスを崩しただけで振り落とされそうだ。

前を走るダチョウの背中が急速に近付いてくる。鳥類であるダチョウは体格に比して体重が軽いので、極めて軽やかな走り方をする。バレリーナが舞うように爪先だけで地とても思えない優雅な足運びだ。そして動かすのはほとんど脚だけで、胴体と頭はほとんどぶれない。オリンピック選手の倍の速度で走りながら、周囲の景色を落ち着いて眺めているのだ。

僕はそれを見て、美しいな、と思った。一旦は両腕まで捨てて翼を得ながら空を飛ぶことも捨て、再び大地を駆けるために洗練された肉体。四肢の柔らかさと筋肉量でスピードを生み出す四足獣とは違った方法で地球最速に近付いた、奇跡の生き物だ。こんな状況なのに、眺めていると感動してしまう。マラソンコースの真ん中をバイクで、しかもダチョウと並走している、というおかしな状況が、僕の頭から普段通りの思考を奪っているらしい。

僕たちのバイクがダチョウの右横に並び、一度二度、首だけこちらに向けた相手と目が合う。その間も一切ペースが乱れることがない、見事な走りだ。僕はそれを見つめた。

——恰好いいよ、お前は。それに美しい。自分じゃそんなこと、ぜんぜん自覚してないんだろうけど。

だからこそ、殺処分などという結果にはしたくない。

「加速します！」言うが早いか、七森さんはスロットルを回してエンジンをふかした。

体にGがかかり、後ろにのけぞりそうになる。こらえながら前方を見た。ここからは直線が続くため見通しがよいが、先頭集団の姿はまだない。何分の猶予があるのか分からないが、すぐに捕獲すれば惨事は避けられるかもしれない。

バイクはエンジンを唸らせ、ダチョウをぐんと引き離した。

「横に動きます。つかまってください！」

七森さんの体ががくんと横に倒れ、僕は慌てて彼女の腰にしがみついた。バイクが左に大きく倒れ、ダチョウの前を斜めに横切る。後ろを確認する間もなく、今度は右に車体が倒れる。左、右、とジグザグに走り、ダチョウの進路を塞いで立ち止まらせるつもりらしい。

左右に振り回されながらも思い切って首をめぐらせて後ろを確認する。ダチョウは目の前で蛇行したバイクに驚き、千鳥足になって走るのをやめた。

「止まった！」

「はい！」

七森さんは思いきりバイクを倒し、後輪をドリフトさせながら停車した。バランスを崩した僕は後ろに転げ落ちたが、尻餅をついただけですぐに立ち上がれた。正面、五メートルほど前でダチョウが、混乱した様子で右に一歩、左に一歩、と道を往復していた。

「桃さん、大丈夫ですか？」

「うん」尻を払って前に出る。「七森さん、バイクをふかしてあいつの進路を塞いで。僕が後ろに回る」

「はい！」

ぶおん、というエンジン音が響くと、ダチョウが困ったようにたたらを踏んだ。僕はその隙に横を駆け抜け、相手の背後に回った。ダチョウに対し正面から近付くのは自殺行為といってよい。下手に前に立つと強靭な脚で蹴飛ばされ、肋骨の一本や二本は簡単に折れる羽目になるのだ。取り押さえるのは後ろからということになる。

自分の鼓動が早くなっているのを感じる。後ろから組みついたとして、体高二メートル超のこの鳥を僕一人で保定できるだろうか？　ダチョウの保定を一人で、道具もなしにやった経験などない。足蹴りが当たらない位置に組みつけたとしても、あの長い首で思いきりつつかれたらどうなるだろうか。以前、不注意でつつかれた経験はあるが、あれはダチョウにしてみれば、好奇心でちょっとつついてみた、という程度の強さだった。それでもこちらは頭からそれなりに出血したのだ。興奮状態のダチョウに本気でつつかれたら頭蓋骨にひびが入るかもしれない。それに個人的な経験からすると、ダチョウは攻撃するつもりで人をつつく時、きちんと目を狙ってくる。

今のところダチョウは、正面でバイクのエンジンをふかしている七森さんを警戒して立ち止まっている。僕は三、四メートル後ろにまでそっと近付いて、羽織っていたパーカーを脱いだ。

ダチョウを捕まえる時のこつは、とにかくいち早く頭に何かを被せてしまうことだ。視界を塞がれたダチョウは驚くほどおとなしくなる。だが、相手だって黙って突っ立っていてくれるわけではない。いきなり後ろから近付いて、背伸びしてようやく届くぐらいの高さにある頭にこれをうまく被せられるだろうか？　それともまず組みついて胴を抱え、動きを止めるのが先か。だがその状態からどうやってこのパーカーを被せる？

周囲を見た。七森さんが現位置を動いてしまえば、ダチョウは急に駆け出してしまうかもしれない。もうすぐ先頭集団が来るだろうから、それだけは絶対に避けなくてはならない。だとすれば、彼女はあそこを動けない。だが周囲の人に手を借りるのも無理だ。普通の人からすれば体高二メートル超の動物など怖くて、近付くことすら無理だろう。

悩みながら一歩近付くと、ダチョウは後ろの僕を警戒して向きを変え、たったたっ、と横に逃げてしまった。突然向かってこられた沿道の観客から軽く悲鳴が上がり、ダチョウの方は困ったように反転して戻ってくる。僕はそれにタイミングを合わせ、パーカーを広げて踏み出したが、ダチョウはそれを読んでいたように足を速め、僕の横をするりと抜けてしまった。

やはり相当興奮しているし、警戒しているようだ。もとはどこかの家畜だろうから人には慣れているはずなのに、簡単に近付かせてくれない。

七森さんが心配そうにこちらを見ている。目が合ったが、こちらで何とかする、という意味で頷いてみせるしかなかった。だがもう時間がない。いつむこうの角を曲がって先頭集団が来るか分からないのだ。そしてそうなってからではとても間に合わない。

一か八か、ジャンプしてパーカーをぶつけるつもりで駆け寄った。だがダチョウの方が反応が早く、威嚇するようにつつくそぶりを見せてきたので、僕は慌てて体を引く。

大部分の鳥と同様、ダチョウも顔の側面に目がついているから、視野はほとんど三六〇度に近い。後ろからこっそり近付いたところで確実に気付かれるのだ。

「桃さん」

七森さんが道のむこうを振り返った。先頭集団がもうすぐ来るのだろうか。だとすれば間に合わない。

が、僕の後ろからなぜか車のエンジン音が近付いてきて、ダチョウがこちらを向いて首を伸ばした。つられるように振り返ると、軽トラックがすごいスピードでこちらに走ってきている。

ダチョウと僕が逃げようかどうか一緒に迷っている間にトラックは目の前に来て、ブレーキ音を甲高くたてて停止した。フロントガラス越しに、運転席にいる服部君の顔が見え、それと同時に、荷台から鴇先生がひらりと飛び降りた。

「鴇先生」

「桃くん、相手の注意を引きつけて」走りにくそうなショートブーツにもかかわらず、鴇先生はすごい速さでこちらに駆け寄りつつ、僕の背後に怒鳴る。「七森さんはエンジンをふかしなさい」

背後でバイクのエンジンがふかされ、僕がそちらを振り返った時には、鴇先生はもう僕の横を抜けてダチョウに肉薄していた。

僕は急いで彼女に続き、反対側に回ってパーカーを広げた。ダチョウがびくりとしてこちらを向く。

その隙に鴇先生が駆け寄った。ダチョウは全速力で突進してくる女性に驚き嘴でつつこうとしたが、鴇先生はその瞬間に右に身をかわし、右腕で相手の首を抱え込むと同時に一杯に伸ばした左手でぱっと嘴を摑んだ。そのまま相手の頭を引き下ろして下を向かせる。ダチョウは途中、抵抗して先生をつついたようだったが、すぐにおとなしくなった。

「先生」

「上着！」

僕は急いで駆け寄り、彼女が押さえつけている頭部にパーカーをかぶせ、引き寄せた。先生はそれに合わせて手を離し、胴体を腕で抱えて固める。

「もうすぐ選手が来る。とにかくコースの外に出しなさい」

こめかみから血を滴らせた先生の声が飛ぶ。僕はそれに応え、巻きつけたパーカーを手綱のように使ってダチョウを引っぱった。心配するのは後のようだ。

視界を塞がれて体を固定されたダチョウは、僕に引かれるままおとなしく歩道に上がってくれた。人垣が割れ、七森さんがバイクを押して歩道に上げる。

「先生、あのトラックは」

「服部君がそこの店から買ったのよ。とりあえず脚を抱えて、あれの荷台に乗せましょう」

見ると、むこうの角から先頭の選手が現れたところだった。十数名の第一集団はすごい速さで接近してきて、服部君が路地にトラックの頭をつっこむと、そのすぐ後ろを駆けていった。間一髪だったようだ。

服部君がやってきて、持っていたロープを輪にしてダチョウの両脚を入れた。自由に歩けなくなるので可哀想だが、逃げられないためにはこうするしかない。やってきた七森さんと四人で体を抱え、せえの、でトラックの荷台に乗せて、両側から挟むように寄り添う。周囲の観客はざわめきながら、荷台の上の僕たちを見ていた。

僕はようやく息をつけた。「助かりました。大丈夫ですか?」

「たいしたことないわ」鴇先生は頬に流れた血を親指で拭って捨てた。ブルース・リーの映画にこんなのがあったな、と思ったが、まあそれは言わないことにする。

七森さんがハンカチを出し、彼女に渡した。「休日だと思ってたのに、大仕事しちゃいましたね」

鴇先生もようやく微苦笑を見せた。「……本当ね」

「あの、すみません」

荷台の下から声をかけられた。見ると、マイクを持った女性がこちらを見上げている。後ろにはカメラを構えた男性もいる。マラソン大会の撮影に来た地元のマスコミのようだ。

「びっくりしました。みなさん一体、どういう関係の方ですか」

下からマイクを突き出されカメラを向けられた僕は、ダチョウに寄り添ったまま返答に困った。「ええと、その……私たちは動物園の飼育員でして。休日にたまたま来てまして」

「まあ。動物園」マイクを持った女性は目を丸くした。「どちらですか？」

こういうことに慣れている七森さんが、困っている僕にかわってマスコミ向けの笑顔を作り、答えた。

「――楓ヶ丘動物園です！」

2

動物園の飼育員というと無口で偏屈、人間嫌いでヒトより動物を相手にしている方がいい、という感じの人物を思い浮かべる人が時折いるようだ。檻の中の動物をただ展示しているだけだった大昔にはそういう人物もいたのかもしれないが、現在の飼育員は毎日の園内ガイドツアーやキーパーズトーク以下諸々、また季節限定の飼育員体験や特別展示その他諸々においてお客さんの前でマイクを持ち、喋ったりパフォーマンスをしたり時には小芝居を演じたりすることがあるため、明るさ朗らかさやトーク力、演技力といったものも求められている。僕の勤める楓ヶ丘動物園でも、十数年前まではただの作業服だった仕事着に、現在では担当動物のイラストの入った名札をつけるように決められており、動物園の飼育員は無個性な「飼育係の人」ではなく一種タレント的な要素を持つ仕事に変わってきている。そういう変化は飼育員の仕事に新たな苦労とやりがいを与えるもので、大部分の動物園が年々来園者数を減らしている現状にあって、なんとか新たな取り組みを、ともがく中では当然に発生する性質のものといえる。現にうちの飼育員の中には明るく元気で兎のように可愛らしい「ふれあいひろば」担当七森さや、端正な顔だちながらマッドサイエンティストを思わせる怪しい雰囲気の「爬虫類館」担当服部樹（いつき）、ずんぐり体型に優しげな笑顔、熊さん的温かさの「楓ヶ丘牧場」担当本郷健助（けんすけ）など、各種キャラクターが揃っており、七森さんなどは一部で「楓ヶ丘動物園の美少女飼育係」などと呼ばれて地方局や動画サイトで人気を博しているから、園の宣伝という意味では成功している方なのだ。美容師に弁護士、医師やシェフから佐川急便の配送担当者までアイドル化される昨今である。動物園の飼育員がアイドル扱いされても少しも不思議はないわけで、実際、彼女は仕事中しばしば一緒に写真を撮ったり握手を求められたりしていて、今では本人もそれに慣れきっている。

　だから、担当するグレービーシマウマの寝小屋を掃除し終えて表に出てきた僕が、普通とはちょっと違う調子で来園者に声をかけられても、さして驚きはしなかった。

「ああ、ちょっと」

　軽い調子で声をかけてきたのはシアトル・マリナーズのキャップをかぶって眼鏡をかけた、四十歳くらいの男性である。「あなた、飼育係の人だよね」

僕はいつも通りにはい、と答えて仕事用の快活さを自分の顔面に呼び出す。飼育員を捕まえて質問するようなお客さんはつまり、動物に積極的な興味を持ってくれた人ということになり、その勢いをそぐようなことは絶対にしないようにと教育されている。が、この男性の用件はそういったものではなかったようで、彼は店で道だけ尋ねて出ていく人のように、少しだけ申し訳なさげな顔で言った。「あー……獣医の、鴇先生ってどこにいるんだろうね」

「鴇ですか」鴇先生のキャラクターを考えると、身内だからといって呼び捨てにはしにくいのだが。「猛禽館の担当ですので、もしいるとすればそちらかと。猛禽館は……」

「ああ、分かる分かる」男性は手を曖昧に動かして僕の言葉を止め、「いや、ごめんね仕事中に」と言ってそそくさと去っていった。これも仕事なんでいいですよー、と軽い調子で返したかったのだが、その前にもう、声が届く距離にいなかった。

「……鴇先生のファン、か」

僕は柵越しに「アフリカ草原ゾーン」の中を見ながら、ちょっと頬が緩むのを感じていた。うちの飼育員の中でお客さんからタレント扱いされるのは基本的に、明るく可愛く親しみやすく、人前で喋るのが得意な七森さんの仕事である。それは彼女が園長命令でマスコミ露出や（まあ、テレビ局の人はたいてい彼女を指名するのだが）パフォーマンス関連の仕事を一手に引き受けているのと、「ふれあいひろば」を担当して毎日、子供と保護者相手に動物の扱い方を説明しているためでもある。鴇先生も猛禽館のキーパーズトークや、獣医という役柄上、防疫講習などで喋ったりすることもあるが、基本的に玄人(くろうと)好みの地味な立ち位置で、自身もなんとなく猛禽を思わせる鋭い風貌に加えて人前で喋ると大学の講義みたいになるため、タレントというよりは「先生」という見られ方をするキャラクターだった。

だがそれでも、特に年配の男性を中心に、彼女にも隠れファンがいるのかもしれない。

「……楓ヶ丘動物園の美人獣医、なんて呼ばれるのかな」

柵越しに放飼場(ほうしじょう)を見ていると、アミメキリンの中でも一番人なつこいメイ(メス・三歳)が僕の姿を見つけて寄ってくる。

ただ、なんとなく気になったことがあった。さっきの男性、鴇先生の名前と獣医であることは知っていたのに、彼女がどこの担当であるかは知らなかったのだろうか。お客さんが飼育員を認識する順序としてはまず「○○の担当」としてであり、それから「○○という名前の人」「獣医らしき人」という具合に知っていくのが普通だと思うのだが。

「……親戚か何かかな?」

小声でメイに訊いてみるが、むこうは別に僕の言葉など構わず、柵越しに首をぐうん、と伸ばしてこちらの顔を舐めてきた。分厚い舌が顔面を這い、僕は目を閉じた。

閉園後、飼育員室でデスクワークを終えてから、隣席の七森さんにその話をしたら、彼女はなぜか、自分の家族を自慢するように得意げな笑顔になった。

「きっとファンですよ、鴇先生の」七森さんも仕事は終えているらしく、今はメモ帳で折り紙をしている。「鴇先生はもてるんですよ。だってあんなに綺麗でかっこいいんですから。隠れファンがいて当たり前ですよ」

「本人が聞いたらどんな顔するかな」

照れるか嫌がるか。僕は両方のパターンを想像してちょっと微笑ましくなった。あの人は他人の好意から逃げるようなところがあるので、握手など求められたら対応に困りそうだ。「まあ、言わない方がいいかもしれないけど」

「伝えなくとも、いずれ気付くでしょう」いつの間にか背後に服部君が立っていた。「この間のダチョウ騒動で、鴇先生の知名度が一気に上がったようでしてね。いずれ握手でも求められて対応に困るのではないでしょうか。ふふ」

服部君はわずかに口許を緩めた。だいたいにおいて彼は、他人の困っている顔を見るのが大好き、という変な嗜好がある。

「テレビでもばっちり流れたからなあ、あれ」

「先輩が活躍するシーンも流れましたので、ちゃんと録画してありますよ。先輩の映っているカットだけ繰り返し見られるように編集済みです」服部君は眼鏡を光らせた。「DVDとBD、どちらでご覧になりますか」

「撮らなくていいってば」

「それだけではないようでしてね」服部君は僕のデスクに屈み、かたたた、とキーボードを打った。「こういうものも出ていますので」

床を蹴って椅子を滑らせてきた七森さんと並んでパソコンの画面を見る。表示されているのは動画検索サイトだが、「マラソン　ダチョウ」で検索すると、二十以上の映像がヒットしていた。

県民マラソンにダチョウ出場　by muracat397　7:09　再生回数1027回
ダチョウを素手で捕獲する飼育係　by zappedcrow　3:17　再生回数1114回
ダチョウマラソン捕獲シーン　by hal3001r　11:26　再生回数10880回
ダチョウマラソン捕獲シーン　クライマックス　by tomaboo9x　2:44　再生回数9771回
マラソンコースを走るダチョウ　by lain1912　0:38　再生回数991回
ダチョウvs飼育係1　路上の死闘　by penta1986　2:33　再生回数475回
ダチョウvs飼育係2　流血の激闘　by penta1986　2:35　再生回数401回

どこのB級映画だ、と思うが、自分たちの姿が勝手に撮られてネット上に上げられ、変なタイトルまでつけられているというのはなんとも妙な気分である。今回に限っていえば特に何が困るということもないが、見る限り制作者の方に、自分の映っている映像を勝手に流される側への気遣いは一切ないようだった。溜め息が出る。

試しに一番上の画像を再生してみたら、この間僕たちがマラソンコースでダチョウを捕まえたシーンが見事に映っていた。手持ちのカメラでとっさに撮ったものらしくだいぶブレてはいたが、テレビで放送していない前後の部分まで撮られているし、ダチョウに突進して嘴を押さえる鴇先生はアップで映っている。

「ニュースで流れたのは知ってましたけど……」横から画面を覗き込む七森さんが、どう反応してよいのか、という迷いを目元に表しながら呟く。「……あの時の騒ぎ、ここまで撮られてたとはね」

「それだけではありません」服部君がなぜか得意げに、ウインドウ下部に展開されたコメント欄を指さす。

・この女の人すげえな
・ダチョウ相手に素手とかかっこよすぎ
・この方はたしか獣医ですね。楓ヶ丘動物園の猛禽館にいらした気が
・女医か　たまらん
・この先生にぶっとい注射とかされてみたい
・むしろ汚く罵られたい
・一〇センチ以上のピンヒールで踏まれたい

「……もてるね。変なふうに」

「まあ、世界は変態に満ち満ちていますからね」服部君はなぜか、わが意を得たりという顔で頷く。「ちなみに先輩についてもコメントが下の方に」

・男　役に立ってなさすぎ

「……わざわざ見せなくていいよ」あれでも苦労したのである。放っといていただきたい。それに、あの日はダチョウをトラックに乗せてからも大変で、とりあえず囲いのある場所に連れていくまでずっと荷台で抱えていたのだが、そこのところは撮られていない。

先輩の本郷さんの応援で県民マラソンを観にいき、コース上を独走するダチョウを捕獲したのが四日前である。あまり知られていないが、ダチョウは日本でも、主として食肉目的で家畜にされている。ただ現在のところ飼育のノウハウがそれほど蓄積されていないため、柵などの設備が不十分なケースがままあるのだ。マラソン大会の日は地区全体の雰囲気が普段と違っていたし、放送やら音楽やら花火の派手な音やらがしていたから、びっくりした近所のダチョウが柵を越えてとんずらしてしまっても不思議ではない。ダチョウという動物は一般にピンチに弱いというか、脱走してパニックになってしまった場合に「とりあえずもとの場所に戻ろう」などと考えたりせず、パニックのままどこまでもわさわさ走り続けるようなところがあるから、何キロも離れたマラソンコースに登場してしまうくらいのことはするだろう。

「……あのダチョウさん、人気者になるかもしれませんね」七森さんが自席のペン立てに挿してあったダチョウの羽根をつまんで抜いた。捕獲時に落ちたものだそうである。

「大山動物園さんの方でも、『マラソンに参加したのはこのダチョウです』って宣伝するかもしれませんね」

「……怪我人も出てるけど、どうかな。……やるかも」

あの時に捕獲されたダチョウはオスであったため、すでにオスのボコ（十七歳）を中心に群れができてしまっている楓ヶ丘（うち）では引き取ることができず、最寄りの大山動物園に仮住まいすることになった。これだけニュースになってしまったあとではおそらく飼い主は現れまいし、そのまま大山動物園で展示されることになるのだろうが、今はどこの動物園でも、毎年入園者が減り続けているのが普通である。大山動物園の方でも、話題になるならそのくらいはやるかもしれない。

「テレビでも流れたし、ネットでもこれだしね」

「でも、私たちもそうですよ」七森さんが横から手を伸ばし、コメント欄をスクロールさせた。「鴇先生、大人気ですし」

「主として変態に大人気ですね」服部君は平然と言う。

「ネット上でこんな騒ぎになってたなら、頷けるかな」

二人がこちらを見たので、僕は昼間のことを説明した。

「……たぶん、ネットで見て来た人だと思うんだけど」

「中年男性一人で、となると、本当に鴇先生を見にきたのかもしれませんね」服部君が頷く。

「うん。……熱心なファンができるかもね」

僕はそう答えたものの、昼間首をかしげた点がまた蘇ってきた。この動画サイトのコメントでも、鴇先生に関する情報は「楓ヶ丘動物園の猛禽館担当」「獣医」としか書いていない。あの人が鴇先生のことをこうしたサイトで知ったというなら、名前を知っていて担当を知らない、というのはやはりおかしいのだ。もっとも、もともとの知り合いならわざわざ僕に尋ねなくても、直接、先生に連絡を取れそうなものだが。

僕は喉の奥にぽかりと浮かんだ疑問を吐き出しもせず、飲み込みもしないまま、画面の中で勇ましく活躍する鴇先生を見ていた。

※

画面の中では、彼女が勇ましく活躍する動画が流れている。冷静な表情。素早い身のこなし。何度見ても、驚かされるような映像である。同じ映像をもう何十回と繰り返し再生しているので、画面上のカーソルは「もう一度見る」のスイッチの位置にずっと張りついたままである。

パソコンの前に座る人間もまた同様で、暗い部屋の中、液晶の光で顔を照らしながら、その場に張りついてしまったように画面を凝視している。画面を見つめる目は確かに何かの感情を表しているのだが、液晶の明かりだけではそれがどんな感情なのかまでは読み取れない。

真夜中。カーテンは閉め切られ、部屋は静かである。唯一の住人はローテーブルに乗せたパソコンを凝視したまま動かない。パソコンの音声はヘッドホンに流れるのみであるし、置時計はデジタルであり、秒針の音もしない。ラックに乗せられた熱帯魚の水槽。そのポンプだけが、ぽこぽこと一定の音を出し続けている。

その静かな部屋に、かすかな呟きが一つ吐き出された。

「――鴇、佐恵子。それに、あいつと……」

呟きはぽつりと浮かび、カーペットに吸い取られて消えた。

あとは水槽のポンプだけが、ぽこぽこと一定の音を出し続けている。

3

不意にこみあげてきたくしゃみが鼻先で派手に爆発した。

女子用ロッカーゾーンから鴇先生が振り返る。「風邪?」

「どうでしょう。あんまりそんな感じはしないんですけどね……」

「気をつけた方がよさそうね。中国で出た新型インフルもそろそろ上陸しそうだし、対策はしておいた方がいいかもしれない」

「なんとかって名前の薬出てましたね。あれ備蓄してくれるといいんですけど」

「備蓄は動物の薬で手一杯よ。人間のは自分でやりなさい」

動物園の飼育員は一般に健康管理にうるさい。インフルエンザだけでなくオウム病、西ナイル熱、サルモネラから一般の風邪まで、人獣共通感染症は数多い。動物から感染してヒトの間で広まることだけでなく、ヒトが動物に感染させてしまうことも注意が必要なのだ。

とりわけ近年、ペットの種類が多様化してからは、油断できないような状況になっている。数年前だが、野兎病(1)という珍しい病気が都市部で流行ったことがあった。野兎から感染する病気だと思われていたため、感染者は都市部にいるのにどこで野兎と接触したのだ、と医師たちは頭を抱えたわけだが、しばらくして、ペットとして飼われていたプレーリードッグが野兎病菌に感染していることが発覚、結局、厚生労働省がプレーリードッグの輸入禁止措置をとる騒ぎになった。それ以外にも、エボラ出血熱だのカンガルー病だの、珍しい動物を飼おうとしてとんでもない病気にかかった、という例は枚挙に暇がない。可愛いからといって、ろくな検疫もせずによく知らない動物を持ちこむからである。

ペットとして輸入された珍しい動物が妙な病気を持っていて、そこから感染した飼い主が動物園にやってきて再び動物にうつす、というケースは、動物園でも警戒されている。だから飼育員は飼育スペースの出入り前後に靴を消毒し、勤務終了後にシャワーを浴びて帰る。もっとももうちの場合、シャワー室やロッカー室の設備が古いままで寒いので、なんだかかえってここから風邪が発生しそうな雰囲気なのである。

「この部屋、壁紙とかなんとかすればもう少しましになりそうなんですけどね。貼ろうかな」

退勤後のロッカールームは静かで、コンクリートむき出しの壁がいかにも寒そうである。誰が出したのか一応電気ストーブは出ているのだが、今点けたら暑くなりすぎるだろう。かといって、ぼけっとしているといつの間にか体が冷えている、という、中途半端で不意打ち的な寒さだった。こういう時季には、季節の変わり目に風邪が流行る理由がなんとなく理解できる。

「ここのところ全然雨が降らないから、乾燥も心配ね」

カーテンが開き、女子用ロッカーゾーンから私服に着替えた鴇先生が出てきた。昔は男性の飼育員しかいなかったせいでロッカールームは今でも男女兼用である。ここで服を脱ぐわけではないし女子用ロッカーゾーンのところにはカーテンがあるが、それでも僕は鴇先生が出てくるまでなんとなく目をそらしていた。

(1) 野兎等への直接接触、または蚊等を媒介して感染する病気。症状としては発熱・嘔吐・頭痛その他。適切な治療をすればちゃんと治るが、野兎病菌はやたらと感染力が強いので注意が必要。

「お待たせ」

勤務中ひっつめにしている髪をおろしたせいか、ジーンズにパーカーという簡単な服装ながら、鴇先生はこういう時急に可愛らしく見える。が、あまりじろじろ見ていると本人が嫌がるので、僕はさっさとバッグを持って廊下に出た。

「ありがとうございます。わざわざ大学までついてきてもらっちゃって」

「どうせ私は帰り途だし、研究熱心なのはいいことよ」

鴇先生は歩調が早いので、僕は少し早歩き気味になってついていく。

「論文、図書館のどこにあるか分かりますか？　一から探すとなるとけっこう大変ですけど」

「著者が分からなくても、紀要の一覧を見ればどれだか分かるから」

その日、僕は鴇先生の案内で、この人の卒業した大学の図書館で研究のための資料集めをするつもりだった。

誤解されがちなことだが動物園は娯楽施設ではなく、基本的に研究・教育施設である。だから動物園の飼育員もただ動物の飼育をしているだけでなく、自ら研究をし、論文を発表する人もいる。もっともそれは必須というわけではなく、時間に余裕があるなら来園者増のために企画の一つも考える方に頭がいってしまうから、今回、僕が退勤後に研究に精を出しているのは、単にいま現在、仕事が一段落して暇ができたからにすぎない。研究のために論文を探していたら鴇先生の卒業した大学の図書館に先行研究があると知ったのだが、部外者一人で行くと手続きが面倒だから、と先生が案内してくれることになった。先生の方もある程度暇があるらしい。

前方を見据えたまますたすたと歩く鴇先生を左後方から眺めながら、僕はここ一年なかったのんびりした気持ちで、せっかくだからお礼ということで夕飯を奢らせてもらおう、などと考えていた。

だが、僕がそんなふうにのんびりしていられたのはそこまでだった。

管理棟を出て、職員用の駐車場に行く。季節柄とっくに日は暮れていて、停められている車やバイクを街路灯の黄色い光が飛び飛びに浮かび上がらせている駐車場は、虫の音がりいりいと響くだけでひと気がなかった。

「この時間でももう、真っ暗ですね」

先生は無言で小さく頷き、奥の方に停めてある自分の車に向かった。僕は一、二歩遅れてその斜め後ろにいた。

ばん、と音がして、僕の横でワゴンのドアが開いた。先生と同時にそちらを見る。どこででも見かける白のハイエースだが、普段見かけない位置に、こちらに尻を向けて停められている。出入りの業者さんか何かだろうか。

と、スライドドアが両方同時に全開になり、車から四人の男がぞろぞろと降りてきた。四人ともニットキャップをかぶり、マスクをしている。僕と鴇先生が立ち止まると、四人は早足でこちらに近付いてきた。先頭の男はマスクの他にサングラスもしていて顔が見えず、僕は異様な雰囲気に、自分の体がぎくりと動くのを感じた。

先頭の一人が立ち止まると後ろの三人がさっと横に広がり、僕と鴇先生を取り囲んだ。真正面で対峙した先頭の男が先生に向かって、マスクに隠れた口を動かした。

「鴇先生だね」

「人違いよ」

男がこちらに踏み出してくるのと同時に、びち、という音が右から聞こえた。振り向くと、鴇先生が右側の男の顔面に裏拳を入れていた。

「ちょっ、先生」

慌てる僕の鼻先を通って左側の男が先生に掴みかかった。先生はそれが分かっていたかのように体を反転させ、男の顔面にストレートを入れた。同時に動いていた背後の男が彼女を羽交い絞めにしたが、先生は思いきり腿を上げるとその男の足を踏みつけ、相手が悲鳴を上げて離れるのにタイミングを合わせて後ろ蹴りでふっ飛ばした。

「なっ、なに?」

正面の男はいきなりのことに驚いてのけぞり、ズボンのポケットに手をやった。だがそれより早く先生が駆け寄り、その手を押さえると同時に顔面に頭突きを入れた。男がふらついて尻餅をつくと、もうその男を無視して身を翻す。最初に裏拳をくらった男が片手で鼻を押さえながら掴みかかってきていたが、先生は流れるような動きでかわし、相手の後頭部を掴むと、ワゴンのリヤウインドウに思いきり叩きつけた。ばあん、という音が静かな駐車場に響き、男がずるずると崩れ落ちる。

　横で見ていたこちらはあまりのことに、驚嘆の声すら出なかった。動物相手の仕事をする人間には腕っぷしの強いのも多いし、鴇先生が強いのも知っていたが、目の前でこんな派手な殺陣をされるとは思わなかった。

「ちょっと」先生は頭突きをくらって座り込んでいる男の前に片膝をつき、相手の胸倉を摑んでねじり上げた。「あんたたち、何よ」

　男は苦しそうな声を上げながら首を振った。それでサングラスが落ちたが、現れたのは目を固くつむった、見覚えのない男の顔だった。

　周囲に倒れた男たちも呻き声と悪態を漏らしている。「いってぇ」「何だよこの女」

　鴇先生の動きに驚愕したのは僕も同じだが、客観的に見て、「何だよ」と訊きたいのはこちらである。苦しんでいる周囲の三人を見ても、見知った顔は一つもない。それどころか男たちは一様に、僕がそれほど馴染みのない、安っぽく暴力的な雰囲気を醸し出している。

「こら」先生は空いた手で、胸倉を摑んでいる男に平手打ちをした。ぱち、というこった音がした。「答えなさい。私たちに何をするつもりだったの」

　ざり、という音がした。先生に捕まっている男を無視して残りの三人が、やられた顔やら腹やらをそれぞれに押さえながら、ふらふらとワゴンに向かった。

「あっ」先生は顔を上げた。「捕まえて」

「えっ」

そんなご無体な、と思ったが、とにかくワゴンにとりついて、最後に乗り込んだ男の腕を掴む。だが運転席の男はお構いなしに車をバックさせ、僕はそれと同時に相手から突き落とされてアスファルトに背中を打った。ワゴンは左右のスライドドアを開けたまま後退し、先生が慌てて飛び退くと同時に、先生に捕まっていた男が立ち上がって車体にすがりつく。中から伸びた手が男を掴んで引き入れると同時にワゴンはきゅきゅ、とタイヤを鳴らしながらバックし、離れてしまう。

「あっ」

「こら」

追おうとしたが体を起こすだけで精一杯だった。ワゴンは危うくぶつけられそうになって退いた先生が体勢を立て直す間にもう、切り返しつつ車体の向きを変え、急発進して門の外に出ていってしまった。傍らで、先生が派手に舌打ちしたのが聞こえた。

ワゴンのエンジン音が静かになってしまうと、また周囲に虫の音が蘇った。

「……桃くん、怪我は」

「たぶん、ないと思います」言いながら全身をぱたぱたはたいてみる。手の甲を擦ったらしく血が出ていたが、顔をしかめるような痛みでもなかった。「それより、先生は」

「私は大丈夫」先生は右手を握ったり開いたりしながら答えた。そういえば思いっきり相手の顔面にストレートを入れていたから、手の方を痛めたのかもしれない。

「その手は？」

「転んだ時にすりむいただけです」

「ごめんなさい。つい、余計なことを言っちゃったわ」

「いえ、平気ですから」

よく分からない男たちに囲まれてとっさに出てくる言葉が「捕まえろ」だというのは随分なことだ。普通は言えたとしても「逃げろ」だろうし、そもそも何も言えずにぼけっとしているものだろう。

とりあえず通用口横の蛇口に駆け寄り、傷口を洗う。車の動かし方といい随分乱暴な連中だったが、その乱暴な連中を先制攻撃でのしてしまったとなるとどうも複雑である。

「ありがとうございます。たぶん、助かったんだと思いますけど……」僕の傷は洗った時点でもう血が止まっていた。「今の連中、何なんですか？　心当たりとかは」

「私もないけど」先生はワゴンが逃げていった道の先を睨みつけている。「でも、私の名前を知ってた」

そういえば、頭突きをくらった男は「鴇先生だね？」と訊いてきていた。ほとんど確認、という調子だったから、相手はこの暗がりでも鴇先生の顔が分かったのだ。

先生は肩をすくめ、自分の車に向かって歩き出した。「とりあえず、警察ね」

「そうでしたね」僕は急いで携帯を出そうとしたが、考えてみれば一一〇番するような事態はもう終わっている。先生も、最寄りの交番で直接話をするつもりのようだった。

「あっ、でも、いいんでしょうか。なんか、こっちが悪いってことにされたりとか……」

よく考えてみたら、先に手を出したのはこちらなのだ。

「先にやらなかったらこっちが何をされていたか分からないでしょう。ああでもしないと、か弱い女一人で四人も相手にできないもの」

横にいる男を計算に入れていない時点でか弱いわけがないのだが、それは言わないことにした。

とにかく、事件であることには違いなかった。見回しても被害と呼べそうなものはないし、そもそもあの四人が何をしようとしていたのかも分からないが、警察沙汰にはしておくべきことだ。僕と鴇先生は車で最寄りの警察署に行き、事情を説明した。

もっとも、その説明がすごく大変だった。僕たちの体験したことは客観的に言えば「四人の男にいきなり囲まれたから殴り倒したら逃げていった」ということになるが、これでは事情を知らない人が聞いてもちんぷんかんぷんになるに決まっている。話を聞いた受付の人が「は？　え？　要するに何をされたの？」と困惑するのは目に見えていたし、「殴り倒した」という部分にだけ反応されてこちらが加害者にされる可能性も充分にあったから、事前に口裏を合わせて「帰りがけに四人の男に囲まれて車に連れ込まれそうになったが、大声を出したら逃げていった」という話にした。受付の人はそれでも「え？　何もされてないの？　怪我もないし盗られたものもないの？」と困った顔をしていたが、鴇先生は粘り、結局、僕が手に擦り傷を負っていたため「傷害罪」という名目で被害届を出した。とにかく届出をして書類に残しておくことが重要なのだ、という。

それはつまり、もっとひどい何かが起こるまでは、自分の身は自分で守らなければならないということだった。僕の頭に仕事上のあれこれとは別の、不気味な「案件」が一つ増えた。あの男たちは鴇先生の何で、何をしようとしていたのだろう?

第二章　業務上のペンギン

4

「……それってつまり、鴇先生をさらっていこうとしたんですか?」デッキブラシで壁面にこびりついたフンをこそぎ取っていた七森さんが、手を止めてこちらを見上げた。

「あとで考えてみると、そう考えるしかないっていうか」農用フォークを握る右手を見る。手の甲には防水の絆創膏が貼ってあるが、作業後にすぐ剝がして洗わないと危なそうだ。「まあ、お姫様的におとなしくさらわれるような人じゃないけど……」

「姫といっても鶴姫(つるひめ)(2)や木蘭(もくらん)(3)、あるいは巴御前といったところでしょうか」服部君は横から言いつつ、ジョウロで洗剤を撒く手は止めていない。「下手に手出しすると首をかかれそうですが」

「撃退したからなあ。実際に」

みんなで掃除道具を持って何をしているかというと、ペンギンプールの大掃除をしているのである。ペンギンは鳥類だけあってそのあたりに適当にフンを噴射するし、季節がら、周囲の木立の落ち葉がすぐ水面に溜まって排水溝が詰まってしまうので、ペンギンのプールは週に一回、水を抜いて洗剤でこすり、溜まったゴミを取りのける。担当の落合(おちあい)さん以外に数名が出動して行う大仕事になる。

今日は休園日なので、お客さんの視線を気にせず喋りながら作業ができる。だが、そうなるとどうしても僕は、昨夜遭った事件のことを口にしてしまう。

「テレビと動画サイトで、活躍している映像が派手に流れましたからね」服部君が使い終わったジョウロを置き、立てかけてあったデッキブラシに持ち替える。「ストーカーの一人や二人、発生してもおかしくはありません」

(2)愛媛県大山祇神社の大宮司、大祝安用の娘。戦国時代、自ら甲冑を着て水軍を撃退したという。強い。
(3)ディズニーで映画化されたムーランのこと。六世紀頃、男装して北方民族と戦ったといわれる伝承上の女性。強い。

「それは確かに、そうなんだけどね。……手口がストーカーっぽくないっていうか」

「確かに、例えば僕が先輩を攫うとしたら、一人でやりますね」

「なんでそう例えるの。……昨夜、先生本人も言ってたことなんだけど」フォークを叩いてゴミを落とす。「襲ってきた四人のうち、リーダーっぽいのが『鴇先生だね?』って訊いてきたんだ。っていうことは、あの四人自身が先生をさらおうとしていたんじゃなくて、誰かに雇われたか何かだったと思うんだけど」

先生は「人違い」と答えたのだ。それにもかかわらず襲ってきたということは、先生の顔自体は事前にどこかで見て確認していたのだろう。

「では、何かの犯罪組織ですか。……鴇先生は以前、楓ヶ丘が暴力団の犯罪に巻き込まれた時に、構成員を二人ほど殴り倒したそうですね」

「ああ……うん」僕も横で見ていた。あれは怖かった。「でも、あの事件じゃ僕たちの名前は出てないし、あれからもうだいぶ経つのに、これまで何もなかったんだよね。……さすがに、関係ないと思う」

「まあ、確かに」服部君はデッキブラシを持ったまま、岩肌を模した壁面に背中を預けた。「何らかの組織が関わっているなら、今になって行動に出る理由がありませんね」

「そうなんだよね。……いや、それに」

服部君が眉を上げ、ぎらりと眼鏡を光らせる。「何か」

「そういえばこの前、僕のところに『獣医の鴇先生はどこの担当』って訊きにきた人がいたけど……」

　よく考えてみれば、あれは少し妙だ。

「確かに、あれは少し妙でしたね」案の定、服部君は言った。「ネットや報道で鴇先生の名前を知ったなら、担当動物くらい知っていそうなものですが」

「だよね。……獣医であることも知ってたし、知り合いの人かな、って思ったけど」

「タイミング的に考えて、鴇先生について、探りを入れにきた、という可能性が大きいですね」服部君は壁面にもたれたまま、長い脚を組みかえる。「どんな外見でしたか」

「うーん、あんまり詳しくは……」

　相手の顔を思い出そうとしたが、はっきりと印象に残っているのはシアトル・マリナーズの帽子だけだった。三十代か四十代、中肉中背、眼鏡をかけていた。言葉にするとそれだけになってしまう。思い返すと随分と無色な印象の人だ。

　ただ、その怪しい（いや、ただの無関係なおじさんである可能性も大きいのだが）男が僕のところに訪ねてきたのは、ダチョウ騒動の映像が世間に流れてからだ。つまり、犯人はあれを見て、楓ヶ丘動物園に鴇先生がいることを知ったということになる。だが動物園の飼育員というのは、不特定多数のお客さんに自分の顔と名前を晒す仕事だ。何かの組織が鴇先生に復讐しようとでも思っていたなら、少し調べれば先生の居場所ぐらい簡単に知ることができたはずだ。この間、映像で流れるまで先生の居所を知らなかった、というのはあまりにお粗末すぎるし、のんびりしすぎているだろう。

「そのへん考えるとたぶん、もともと先生に恨みか執着かがあった誰かがたまたまこの間流れた映像を見て、先生の所在を知った、っていうことなんだろうけど」

「そしてその男は、鴇先生が自分一人で拉致できる相手ではないと知っていた——ということに、なりますね」服部君は眼鏡を直す。「まあ、男であるとは限りませんが」

そう。だとすれば犯人は、先生を以前から知っていた誰か、ということになる。あの人の腕っぷしの強さは楓ヶ丘動物園の職員間でこそ知られているが、一般のお客さんまでが知っているわけではないはずである。

僕はペンギンプールの外を見渡した。休園日なので周囲に人はおらず、スズメが三羽、ちゅんちゅんと何事か言いあいながら、こちらには見えない地面の何かをついばんでいるだけである。

同じように外を見ていた服部君がぼそりと、ぎょっとするようなことを言った。「鴇先生だけでなく、先輩のことも狙っていた可能性もありますね」

「僕も?」それは考えたことがなかった。

「囲まれたのは先輩も同様ですからね」本気なのかそうでないのか、服部君はいつもの無表情で、切れ長の目をぎろりと細める。「ご不安でしたら、僕が護衛して差し上げますが」

「いいよ別に」

「とりあえず先輩の体にはGPSをつけて、現在どこにいるかを常時把握できるようにしておくべきかと思います」服部君は僕を品定めするように見た。「それから小型カメラとマイクで今、何をしているのかをリアルタイムで中継。食事、通勤、入浴から睡眠時の寝言まで事細かに監視すれば、先輩の身に何があってもすぐに把握できて面白いかと思いますが」

「面白くてどうするんだよ」

「護衛にうちの犬を貸しましょうか。臆病で異変があると誰よりも先に逃亡するのが玉に疵（きず）ですが、何があっても絶対に吠えないので近所迷惑にはならないかと」

「それじゃ護衛にならないじゃないか」

そういえば散歩中に飼い主が襲われた時、飼い主を守ろうとする犬は三分の一に満たず、残りは飼い主の後ろに隠れるそうである。

「先輩には何か最近、おかしなことはありませんか。机の引き出しに赤く塗られた猫の死骸が入っていたり、ある朝目覚めたら、部屋の窓ガラスに手の形の血糊がついていたり」

「怖いよそれ」

「そうですか。まだまだですね」

悩んでいると、掃除中のため寝小屋に入れられているフンボルトペンギンの一羽が手をばたばた動かし、抗議するように小屋の鉄格子をかんかんかん、と叩いた。薬剤を使うので、大掃除中、ペンギンたちは寝小屋で待ってもらっているが、何羽かは「早くしろよ」と言わんばかりにこちらをじっと見て、体をふるふるさせたりしている。

「いかん。仕事」僕はそれを聞いて背筋を伸ばした。どうも、ペンギンのフンを掃除しながらする話ではなかったようだ。「……先生は心当たり、ないって言うんだけどね」

鴇先生がそのあたりにいるかと思って周囲を見回したのだが、先生を見つける前に、こちらを見ている七森さんと目が合った。距離的に考えてどうやらこちらの話を聞いていたらしき七森さんは、なぜか、思いつめたような表情で目を伏せた。

「七森さん?」

呼ばれた七森さんは、授業中の内職を見つかった学生のようにびくりとして目をそらそうとしたが、ちらりとこちらを見て、僕と服部君が注目しているのが分かると、困ったように俯いた。

「七森さん、何か心当たりがあるの? まさか……」そういえば映像には彼女も映っている。

「いえ、私には何もないんですけど、その」七森さんはデッキブラシをぎゅっと握って小声になった。「……鴇先生がそんなことになってるの、知らなかったので」

言わなければよかったかな、と思った。七森さんは心配性なところがある。

「いや、鴇先生のことだし、追い払ったんだから心配しなくても……」

言っている最中に自分で「これは気休めだな」と意識してしまうほどの気休めだった。現に、七森さんの表情は全く変わらない。

「すみません……」

七森さんはデッキブラシを握って俯いている。

「え？……なんで？」

七森さんは今の話に何の関係もないはずである。鴇先生と僕がストーカーに襲われたことに関して、彼女が責任を感じるような理由が何かあっただろうか。

「……まさか、カメラに向かって喋ったこと気にしてるの？」

そういえば、ダチョウ捕獲時に「楓ヶ丘動物園です」と名乗ったのは七森さんだった。

だが。

「あんなの関係ないよ。テレビにしろネットにしろ、どうせ僕たちがどこの人間かは調べて流すに決まってるんだし」

「でも軽率でした。まさか、こんな……」

「今までの話からすれば、ストーカーは以前から鴇先生の周囲に潜在していた、ということになります。かえって、敵を炙り出す結果になったかもしれませんよ」服部君は変な慰め方をした。「いい機会です。鴇先生を狙う不届き者を引きずり出して、市中引き回しの上、さらし首にしようではありませんか」

「江戸時代じゃないんだから」

だが、七森さんは何かを決意したように、ぐっとデッキブラシを握った。「でも、なんとかしないといけませんよね」

「いや、ちょっと待った。何もそんなこと、七森さんたちが考えなくたって」僕は慌てて止めた。タイミングよく、寝小屋のペンギンがまた鉄格子を叩いた。「ほら、ペンギンも『早く掃除済ませろ』って言ってるよ。手を動かそう手を」

「あ、すみません」七森さんはごく自然にペンギンに頭を下げ、またプールに入った。僕が率先してデッキブラシを動かしてみせると服部君も仕事に戻ったが、七森さんと服部君はプールに入ってデッキブラシを動かしながら、それぞれに独り言とも相談ともつかない音量でやりとりをしていた。

「……まず鴇先生に心当たりを……」

「……まずは先輩に、件の男の似顔絵を……」

「……大学、大学院……それに元の職場……いえ、地元という可能性も……」

「ちょっと、二人とも」

「鴇先生」七森さんが振り返った。柵の外を見ると、工具を持って通りかかった鴇先生が、何事か、という顔でこちらを見下ろしている。

「鴇先生、今日退勤後、時間ありますか？　昨夜の話、詳しく聞かせてほしいんですけど」

鴇先生は眉を上げ、説明を求める顔で僕を見下ろした。僕は黙って頭を下げた。

5

とっくに日が沈んでいるのではっきりとは分からないが、窓越しに広がる風景がいよいよ広々としてきたようだ。市街地の賑やかな明かりが遠ざかり、黒々とした宵闇の中にぽかり、ぽかりと、浮島のように白い明かりが集まっているのが遠目に見える。いずれも何々台団地とか何々ヶ丘ニュータウンとかいった、新興住宅街の明かりだろう。

車内は静かである。運転席の鴇先生がずっと無言で、助手席の僕も彼女に話しかけづらいため無言で、唯一喋りそうな七森さんも後部座席で一人、という状況だから仕方がない。七森さんは窓の外を流れる夜景を見ながら何度か「ここからもう、隣の県なんですね」とか「今の時間帯に犬の散歩する人、多いんですね」とか、独り言の音量で遠慮がちに呟いていたから、本来はお出かけをするとはしゃぐ方なのに、車内の雰囲気のせいでおとなしくさせられているると解釈すべきなのだろう。

わりと豪快に加減速する運転席の鴇先生は、ハンドルを握ったまま黙っている。最初は僕も、怒っているのかな、と思って何度か横顔を盗み見ていたのだが、先生はいつも通りの無表情なので判断のしようがなかった。溜め息の一つもつかないことからすると、ただ単に「喋る必要がなければ喋らない」という状態なだけなのかもしれない。

こっそり後ろを振り返り、後部座席の七森さんを窺う。こちらももう呟くのをやめ、さっきからハンカチで兜を折っては崩し、花を折っては崩して、今度は何か恐竜めいたものを折っている。

何だろうなこの雰囲気は、と思う。盛り上げた方がいいのか、それともここで盛り上げたりしたら阿呆だと思われるのか。判断がつかず、僕は結局黙っている。

鴇先生の昔の職場を訪ねてみることになった。

昼間、ペンギンプールの掃除をしながら僕が喋ったことが原因だった。昨夜鴇先生を襲った四人の背後には、どうも雇い主か何かがいるらしい。そしてそいつは、鴇先生のことを以前から知っており、この間のダチョウ騒動が報じられたことで先生の居所を知り、やってきたのではないか——その話をうっかり七森さんにしてしまったので、ダチョウ騒動時、マイクに向かって「楓ヶ丘動物園です」と名乗ってしまった七森さんは、自分が名乗ったせいだ、とだいぶ責任を感じているらしい。実際にはそんなことはないのだが。

七森さんはあの後、鴇先生の昔の職場や卒業した大学を訪ねて心当たりを聞きたい、と言いだした。先生は昔の職場について話すのを嫌がっていたようだったし、もともと自分で訪ねてみるつもりだったからいい、と言っていたが、じゃあ私も連れていってください、とせがむ七森さんに根負けし、退勤後に行こう、という話になった。そういえば七森さんは、以前楓ヶ丘で発生したワニ盗難事件の時もけっこう、一人でいろいろ考えて動いていた。鴇先生が承諾したのは、断っても勝手に行きそうだ、と判断したためかもしれない。横で話を聞いていた服部君も同行したがったが、彼は残業して片付けるべきデスクワークが残っていたらしく、残念そうに随行を諦めた。

僕はといえば、言うまでもなく最初から同行するつもりだった。普段の先生ならわざわざ元職場に行ってまで辞めた元職場など、行きにくいのが普通だ。犯人の素性を探るより、また襲ってくるのを待ってその時にふん捕まえた方がいい、と考えるだろう。それなのに今回、鴇先生はすぐに行動を起こした。

それはたぶん、駐車場での事件で僕が被害を受けたからだろう。自分一人ならなんとでもなる。だがストーカー被害というのは、被害者周囲の人間にも発生することがままある。ストーカーの中で最も卑劣な者は、相手にかまってほしいというだけの理由で、相手の周囲の人間に攻撃を加えたりするらしいのである。

そういう状況で、僕だけがのほほんとはしていられないよな。……そう思い、隣に座る先生の横顔を見る。

先生は僕の視線に気付いたようで、横目でちらりと僕を見た。「何？」

「いえ。……プライバシーに踏み込んでしまうようで、申し訳ないです」僕は肩をすくめるしかない。「嫌ですよね」

「それは、別に」先生は無表情のままだ。「ただ少し、会いたくない奴に会うはめになるかもしれない、と思ってるだけよ」

それ以上は訊けず、黙って前に視線を戻す。

しばらく黙っていると、行く手に白く輝く巨大な建物群が見えてきた。徐々に近付いてくるそれは普通のビルがそうであるような無骨な直方体ではなく、美術館か何かのような、スタイリッシュに湾曲した形状をしていた。敷地の周囲には計算された間隔で街路灯が灯り、建物からは清潔で明るい光が漏れている。周囲の田園風景から完全に浮き上がった未来的な一角。鴇先生の昔の職場である、仁堂製薬株式会社早瀬川研究センターだ。

先生は勝手知ったる様子で敷地の周囲をぐるりと回り、職員用の駐車場に車を入れた。この時間、来客用の方はもう門が閉まっているとのことである。

車から降り、建物を見上げた七森さんが、溜め息混じりに呟いた。「頭痛薬のアセティS錠って、この会社ですよね。うち、置いてますよ」

確かに、誰でも名前を知っている大手だ。「野兎病騒ぎの時もここの薬出たね。……楓ヶ丘の関連企業だ」

というより、社内医務室を備えるほとんどの事業所の関連企業ということになる。

「鴇先生、すごいところで働いてたんですね」

「雇われたのは、実験用マウスの世話役として、よ」先生はにべもない。

玄関の受付を覗き、用件を述べると、先生の顔を見知っているらしい守衛さんは目を丸くした。「おやあ鴇先生。お久しぶりです。よく来なさった」

「井坂さん、お変わりなく」

「ええ、ええ、そりゃもう」井坂さんというらしい、初老の守衛さんは破顔した。「もういらっしゃらないと思ってました。鴇先生、お元気でしたか」

「ええ」

井坂さんは詠嘆調で喋った。「いやあ、もう何年前になるんでしたっけねえ。お辞めになったって聞いた時はもう、青天の霹靂と言いますか。残念なことでしたなあ。うちの若いのも残念がってましてねえ。ご結婚されたんですか」

「いえ」鴇先生はぴくりと、わずかに顔をしかめた。

「そうですかあ。いやあ、またお会いできるとは果報ですなあ。何ですか。今、動物園で働いてらっしゃるとかいう話でしたが」

「ええ」先生は困り顔で言った。「すみませんが、用件をよろしいですか」

後ろで聞いていた七森さんがぷっと吹き出す。鴇先生とにかくもっと話したい、という気持ちをストレートに出しすぎている井坂さんが面白いらしい。もっとも女性の少ない職場だとこうなるのか、当の七森さんだって、楓ヶ丘の守衛さんからは孫のように扱われているのだが。

「いやあ思いきりなさったもんだ、と話しとったんですが。……ああ失礼。ええと、ご用件は」

井坂さんはこのままだと「お茶でもどうですか」と言いだしかねない雰囲気だったので、後ろで聞いている僕は、本題に入れて少しほっとした。

鴇先生も同様だったようで、やれやれと肩を落とした。「創薬安全性研究室の北斗君に取り次いでいただけますか」

「はいはい、安研の北斗さんですね」井坂さんはひょいひょい、と席に戻って電話をかける。

やれやれと息をつく鴇先生に、七森さんがくすくす笑って言う。「先生、大人気ですね」

だが鴇先生の方は、無表情のまま壁を見ている。「まさか」

ロビーのガラスドア越しにスーツ姿の人が二人、近付いてきて、僕はおっと思ってそちらを見た。北斗さんなる人物がもう来たのかと思ったが、やってきた男性二人は自動ドアが開いて始めて僕たちの存在に気付いたらしく、おや、という顔をした。

が、前にいた初老の人の方が、鴇先生を見つけて「あれ」と言った。「なんだ、鴇君じゃないか」

鴇先生は無表情のまま、自分より背の低い男性を見下ろしてかすかに会釈した。

後ろにいた中年の男性が、初老の方に尋ねる。「所長、お知り合いで」

「うん。昔、うちにいた子でね。さっさと辞めちゃったけど」初老の方は大きな声で言った。明るい調子だったが、三日月形に細められた目は笑っていなかった。「優秀だったんだよ。発酵二研に大抜擢されてね。僕は期待してたんだけどねえ。やっぱり女性だからねえ。すぐ辞めちゃうのは仕方ないよね」

「ああ、なるほど」中年の方はすべて事情が分かりました、という顔で頷く。

「やあ、ほんと残念残念」初老の方は詠嘆調で言う。「君が自己都合で辞めなければテオフィールの後継薬も作れたし、抗インフル薬もうちで出せてたし、エクソン・スキップ薬ももっと早く出て何千人ものＤＭＤ患者が死なずに済んだはずなんだけどねえ。いや残念」

明らかに誇張を交えた嫌味であることが分かったので僕は何か言おうとしたのだが、初老の男性はもとよりこちらと会話などするつもりがないらしく、残念残念、と大声で言いながらさっさと出ていってしまった。後に続く中年の方はこちらを軽く振り返り、一応会釈してみせた僕には応えず、なぜか七森さんをひと渡り観察して出ていった。

あまりのことに僕はしばらく口がきけないまま、二人が出ていったガラスドアを見ていた。外が暗いので、ガラスドアには中にいる僕たちが映っているだけである。

「……何ですか、あれ」七森さんが嫌悪感を露わにして言った。

「えらく失礼ですね」僕も不満を言いたい。「この職場、あんなのばっかりですか」

「全員ではないけど」先生は肩をすくめた。「ごめんなさい。不快な思いをさせたわ」

「僕らより先生ですよ。あの人所長って呼ばれてましたよね？　トップがあんななんて」

「トップだからあんななのよ」先生は溜め息をついた。先生の方はとっくに呆れはてて、今更腹を立てる気も起らないらしい。

「所長の方六十とかでしょう。いい歳してあんな子供っぽい態度で」

「後ろの人、私のことすごいいやらしい目で見ていきましたよ」

「僕の方は完全に無視してたな。こっちは頭、下げてるのに」

「絶対二人とも、事務員にセクハラして訴えられるタイプですよ」

「先生、こんなとこ出てきて正解ですよ。こんなとこで嫌味言われながら働くより、楓ヶ丘で活躍してくれた方が絶対いいし」

「そうですよ。猛禽館のイヌワシさんたちも絶対そう言いますよ」

僕と七森さんがそれぞれに腹を立てていると、鴇先生は苦笑した。「イヌワシは知らないけど」

「よく分かりましたよ。あれじゃ会いたくないわけです」

僕が言うと、先生は視線をそらしてロビーの中を見た。「あれはまだ、ましな方」

「えっ」

「私が会いたくないのは……」先生はそこまで言うと、新たにロビーに出てきた人物を見て、頭痛を覚えたかのように眉間をつねった。「……ちっ。来た」

自動ドアが開く。新たに来たのは、白衣を着た男性二人である。前を歩く真面目そうな若い人は、こちらを、というより鴇先生を見つけると、ぱっと笑顔になった。「鴇先輩」

「北斗君、久しぶり」

鴇先生は前にいる人にはやや柔らかく応じたが、後ろにいる肩幅の広い男性がよう、と言って笑うと目をそらした。「……なんで、あんたまで」

「俺に会いにきたんだろうが。素直じゃないのは相変わらずだな」後ろにいる肩幅の広い男性は、悪戯っ子を見るような顔で眉をひそめた。「そんなこと、していていい歳じゃないだろうが。素直にならないでも男の方が察してくれるなんてのは、若い時だけだぞ？」

鴇先生に対してとんでもない物言いをする。僕は驚いて後ろの男性を見たが、彼は僕の視線に気付くと、余裕で微笑んでみせた。

「安研の結城です。初めまして」結城氏は親指で鴇先生を指した。「佐恵子の元彼だよ。大昔の話だけどね」

鴇先生は露骨に舌打ちした。

いきなりの自己紹介に、僕はつい結城氏を観察してしまう。鴇先生の彼氏にしてはややにやけすぎている感があるが、先生同様、年齢不詳の外見であるし、無精髭があまり汚く見えない映画俳優風の顔だちをしている。身長差など見ても、並ぶと結構お似合いかもしれない。

「楓ヶ丘動物園飼育係の七森です。鴇先生にはいつもお世話になっています」

七森さんが先に言ったので、僕も急いで自己紹介を加えた。「同じく桃本です。お時間を取っていただいて、ありがとうございます」

「ふうん」結城氏は顎に手をやり、僕を上から下まで観察した。「君、睡眠不足じゃないか？」

「はあ。……若干」いきなり言われて少々驚いた。わりと朝が早い仕事なので週明け以外はだいたいそうなのだが、なぜ分かったのだろう。

「うちで開発中の睡眠導入剤、試してみないか？　まだ動物実験してないけど、効果は折り紙つきだよ」

「いえ。……ええっ？」今、さらりと恐ろしいことを言わなかったか。

結城氏は続いて上半身を屈め、七森さんを見た。「君の方は健康だなあ。いや、あるとすれば生理痛かな。ちゃんとイブプロフェン使ってる？　動物実験中の」

「結城先輩」

「よしなさい」

結城氏は、北斗君と鴇先生から同時に言われてようやく黙った。

「結城先輩、初対面ですよ」北斗君が七森さんを気にしながら急いで言う。

「あれは先行のイブプロフェン系と大差ないだろう。動物実験中でも安全に」

「そこが問題なんじゃありませんよ」北斗君は、啞然としている七森さんに頭を下げた。

「申し訳ありません。この人分娩時、子宮の中にデリカシー置き忘れてきたみたいでして」

「鴇先生、会いたくなかったっていうのは……」

僕が囁くと、先生は眉間をつねりながら答えた。「……こいつよ」

「申し訳ありません」北斗君がまた謝った。「先輩がいらっしゃるの、研究室でつい漏らしてしまいまして。そしたら当然のようについてきて」

「察してやったんだよ。佐恵子は俺に会いにきたとしても、素直にそうとは絶対に言わないからな」結城氏は鴇先生を見て微笑んだ。「昔よりは女らしい恰好するようになったじゃないか。そっちの方が似合ってるよ」

「あんたも似合ってる。シャツのボタンかけ違えてるところとかね」

言われて慌ててシャツをいじる結城氏を置いて、鴇先生は北斗君を引き連れ、さっさとロビーに入っていった。僕も続いたが、ついてきた七森さんはまだ困惑を残した表情で結城氏を振り返ったりしている。

……変人じゃないですか。

鴇先生に追いついた僕は、反射的に先生の横顔を見た。

先生はこちらの内心を見透かしたようで、前を見たまま僕が疑問に思っていたことに小声で答えた。

「……昔の私が、かなりの馬鹿だっただけよ」

さいですか、と肩をすくめるしかない。

ガラス張りのロビーはそこだけで体育館一つ分くらいの広さがあった。はるか上まで吹き抜けになっており、下から見上げた時の視覚効果まで計算された前衛的なスカイウォークが頭上を走っている。極めて金のある大学、あるいは国立の新設美術館のようだ。おそらく節電のためだろう。ロビーはだいぶ照明が絞られていたが、窓際のソファ周辺にあるランプスタンドの明りで、かえってなんだか、雰囲気のいいレストランのようになっている。

北斗君は僕たちをソファに案内し、階段下のドリンクコーナーを往復して甲斐甲斐しくコーヒーの紙コップを並べてくれた。

「インスタントで申し訳ありません。食堂は従業員専用ですし、それに」北斗君は結城氏と並んで僕たちの向かいに座り、真剣な顔で鴇先生を見た。「あまり、賑やかなところでする話でもないんですよね?」

「わざわざ、すまないわね」鴇先生が最初にコーヒーに手を伸ばした。「電話で話した通りよ。たいした用件じゃない」

「そんな。重大事ですよ」すでに電話で事情を聞いているらしく、北斗君の表情は深刻だった。「その連中、鴇先輩が否定したのに、迷わずに襲ってきたんですよね。何人だったんです?」

「四人」

「……それは、さすが」北斗君は目を丸くした。「先輩、すごいですね」

「あの」七森さんが少し身を乗り出した。「っていうことは北斗さん、鴇先生が強いの、ご存じなんですね?」

「結城先輩から」北斗君は隣の結城さんをちらりと見た。「職場の人間はわりと皆、知っています。……そこまでとは聞いてませんでしたけど」

「女一人攫うのに四人も使った」結城氏は味噌汁をするがごとくに音をたててコーヒーを飲んだ。「……だから職場の人間が怪しい、ってわけか」

「そうとも限らないわ」鴇先生が答えた。「高校までならともかく、大学、大学院……どこの知り合いだって、噂ぐらいは聞いていておかしくないし」

事件時を思い出してみるに、襲ってきた四人はただなんとなく四人いたのではなく、明らかに「全員が働いて」鴇先生に何かをしようとしていた。その一方で、先生に反撃されると泡をくって逃げた。そこから考えると、「先生の腕っぷしの強さは聞いていたが、ここまでとは思わなかったのでびっくりした」というところだろう。

「大学……ですか」北斗君は隣の結城氏に目配せした。「佐恵子。大学に戸田(とだ)って男、いたか？」

結城氏は一つ頷いて、腕を組んだ。

「知らない。何のこと？」

「ふん。やっぱりな」

結城氏に視線が集まる。彼は鴇先生だけを見ていた。

「何日か前佐恵子の大学の同期って名乗る男がうちに来たんだよ。指導教官が連絡を取りたがってるけど、電話番号も何も分からないから教えてくれって言ってな」

一瞬、神経がざわついた。鴇先生も同様だったらしく、低い声で言う。「まさか、あんた」

「落ちつけよ。それですんなり教えるほど馬鹿じゃない。指導教官とやらの名前を訊いて、佐恵子に確認してみる、って言ったら、もごもご言って撤回したよ」結城氏は得意げに笑った。「胡散臭えから、記念に栄養ドリンクをどうぞって言って、ラベルなしの液状便秘薬渡してやった。一本まるまる飲んだとしたら、しばらくコーヒーみたいな水瀉(4)便しか出なかったはずだぞ。ははは」

「結城先輩それ、傷害罪ですよ」

「あと、私たちコーヒー飲んでるんだけど」

「ん？　ああ」北斗君と鴇先生に続けてつっこまれても、結城氏は平然としている。「まあ、五十前に見えたからな。佐恵子の同期にしても老けすぎだ。ありゃ偽者だよ」

「ほっとけ」鴇先生が持つ紙コップがくしゃりと歪んだ。

「その人が来たのは一度だけですか？」七森さんが素早く訊く。「連絡先か何か、残っていませんか」

「そういうのはないね。……っていうか君、可愛いな」

「はあ」七森さんはきょとんとしている。

「厳しく見ても上の下、ってとこだなあ。……動物園の飼育係なんてものをやりたがる女なんてごついのばかりだと思ってたけど、そうでもないんだな」

「ちょっと」

「妬くな。一般論で言っただけさ」

「誰が」

吐き捨てる鴇先生の横で、僕と七森さんは顔を見合わせ、お互いなんとなく首をかしげた。僕たち三人は全員「動物園の飼育係なんてもの」なのだが。

向かいに座る北斗君はうんざりした顔で溜め息をついている。普段から、好き勝手に喋る結城氏に振り回されているのだろうか。

とにかく、気を取り直して訊くことは訊かなければならない。僕はコーヒーを一口飲み、唇を湿らせてから言った。「その、訪ねてきた男の外見の特徴とか、分かりますか？」

僕は以前、仕事中に鴇先生を訪ねてきた男の話をした。

北斗君はそれを聞くとまた少し深刻な表情になり、隣の結城氏に訊いた。「うちに来た男と同じですか？」

「さあね。マリナーズの帽子をかぶってたわけじゃないしな」結城氏の方は表情を変えなかった。「ただ、別人と言いきれないことは確かだな。まあ、体型も年齢もそんな感じだった」

ダチョウ騒ぎは八日前で、僕のところに男が訪ねてきたのは四日ほど前だ。もし同一人物なら、その男は僕を訪ねた後、何らかの方法で鴇先生の昔の職場を知って訪ね、先

(4)　下痢のひどいやつ。

生の連絡先を知ろうとした、ということになる。もし知っていたら駐車場で待ち伏せなどせず、先生の自宅を襲われていたかもしれない。

「その男の特徴とか、もう少し……」

七森さんが言うと、結城氏の表情がすっと厳しくなった。

「職員用玄関に来たから、防犯カメラに映ってる。何か怪しかったから、守衛に言って映像を保存させておいたよ。……そこの彼に見せて確認してもらえばいい」

「おっ」なんだかんだ言って、やることはやる人らしい。あるいはこちらが本性だろうか。「お願いします」

結城氏は立ち上がったが、僕が続こうとするのを手で止めた。「すまないが、研究棟の方は部外者立入禁止なんだ。出力して持ってきてやるよ」

それから鴇先生に顎をしゃくってみせる。「佐恵子は入れるよ。自分の目で確認したいだろ？　行こう」

鴇先生は嫌そうな顔をして目をそらしたが、ふう、と溜め息をついて立ち上がった。

結城氏が背に添えようとする手を振り払い、僕たちに言う。「ここで待っていて」

結城氏は肩をすくめて先に歩き出した。それから五メートルも離れて鴇先生がついていく。北斗君は二人と僕たちを見比べて立ち上がりかけたが、結城氏と同じ仕草で肩をすくめて座り直した。

「……どうも、すみません。いろいろと失礼なことを」

「いえ」僕は笑顔を作った。「一緒にいる方のほうが大変でしょう」

北斗君は苦笑で応え、もう温くなっているだろうコーヒーを飲んだ。

少しの間、沈黙があった。僕は北斗君にこれ以上何か、訊くべきことがあるかどうかを判断できなかったし、北斗君の方は口を開くべきかどうか、という様子で視線を下に向けたままだ。

だが、七森さんはまだ訊きたいことがあるようだった。

「鴇先生は、ここではどういう存在だったんですか?」

言ってから、質問が抽象的すぎると気付いたらしい。七森さんは付け加えた。「つまり、その……人気があったのか、とか」

「尊敬しています。僕は」

北斗君はそこまでは即答したが、その後、少し寂しそうに続けた。

「ですが、客観的には『毀誉褒貶があった』と言うべきでしょうね。御覧の通りの閉鎖社会で、世間の非常識がここでは常識、ということもけっこうあるんです。上に行けば非常識で傍若無人な振る舞いをしても咎める人がいなくなりますから、幼児性丸出しのような者もいます」北斗君は天井の方を見回した。「最先端の建物で最先端の設備。なのにそれを使う人間の意識は昭和のまま。そんなものです」

知らず職場の不満を漏らしていることに気付いたのだろう。北斗君は咳ばらいをし、両手を組んで視線を上げた。

「……失礼しました。研究業界はたいていどこでも男社会です。女性が活躍すると、早く嫁にいけ、なんていう目で見る人もいる。鴇先輩の場合、最初は安研の……まあ、動物実験をひたすら繰り返すような部署に入ったのですが、新たに発酵第二研究室を作った時、あの人の博士論文を読んだセンター長に抜擢されて発酵研究に移ったんです。まあ、花形部署ですから……」

七森さんが続けた。「……風当たりも強かった、ということですね？」

「いろいろと」北斗君は目をそらした。彼からすれば、職場のみっともないところを話している、ということになるのだろう。「鴇先輩は退かない方ですから。……そのことで、当時の……婚約してた結城とも、だいぶもめたみたいでして」

七森さんがちょっと口を尖らせた。鴇先生がなぜあんなのと婚約を、と言いたげである。

「結局、婚約は破棄、鴇先輩は退職……ということになって。結城は『可愛げがないからああなるんだ』なんて言ってますけど……」

七森さんがまた口を尖らせた。色々言いたいことがあるのは分かるし、僕だってそれは同じなのだが、北斗君に言っても仕方がない。七森さんの方もそれで我慢しているようだ。

「でも、少しほっとしました。今の職場、合ってるみたいで」北斗君は僕たちに気を遣うように表情を緩めた。「鴇先輩、うちにいた頃より表情が柔らかくなった気がします。

動物園、先輩に向いてるのかもしれないですね」

あれで柔らかくなったのか、と思わないでもないが、確かにまあ、眉間に皺を寄せているようなことはあまりない。ここにいた頃は常にぴりぴりしていたのかもしれない。

もっとも、横で見ていた限りでは、鴇先生は北斗君に対してはわりと柔らかい表情で応じていたと思う。七森さん以外の人に対してもそういう感じになったのは見たことがないから、彼はわりと可愛がられた方なのではないだろうか。

「北斗さんは鴇先生のこと、よく見ていたんですね」

七森さんが少し悪戯っぽく言うと、北斗君はぱたぱたと手を振った。「いえ、いえそんな。別に……尊敬、しておりますので」

言いながら赤くなっている。「あの、すごい方なんですよ。ほんとに。むしろ優秀すぎたせいで上から煙たがられたくらいで、でも、応援している人もたくさん」

「北斗さんも？」

「はい。それはもう」

北斗君はぶん、と頭を下げて頷き、とっくに空になっているコーヒーのコップを手に取り、飲むふりをして戻したりしている。分かりやすい人のようだ。

「でも、そうなると当然、先生を嫌っている人もいたわけですね？」僕は北斗君を見た。訊きにくいことだが、今訊いておかなくてはならない。「邪魔に思っているとか、恨みを持っているとか、そういう人も」

「それは……」北斗君は斜め下を見て、一瞬だけ表情を歪めた。

それを見て分かった。いるのだ。そういった人間が。

僕の頭には、先刻すれ違った「所長」と、それにくっついていた中年の男が浮かんだ。

「いえ、だからどう、ということはありません」僕はすぐに付け加えた。「ストーカーの正体が鴇先生を恨んでいるここの人間だというなら、退職後何年も経った今になって行動を起こす理由がありませんから。……先生の新しい職場は、みなさんご存じだったわけですよね？」

「少なくとも発酵二研の同僚とか、周囲の人間は。……そうですね。うちの人間がストーカーだったら、誰かに訊けばすぐに分かったはずですし」

北斗君はほっとしたような顔を見せた。

だが、僕の方は密かに考えていた。結城氏や僕のところに訪ねてきた怪しい男が犯人本人だとしても、犯人に雇われた人間だとしても、犯人には鴇先生の職場その他を調べる必要があったということだ。鴇先生が動物園に行った、ということは守衛の井坂さんですら知っていたのだから、ここの人間が犯人そのものではないのだろう。だが、そうだとしても、犯人の協力者である可能性は残る。鴇先生を嫌っていた誰かが、ダチョウ騒動を見て出現したストーカーに、先生の個人情報を漏らした可能性は、ないとは言い切れない。

そこまでは言わないことにした。わざわざ北斗君に言う必要はないだろうと思う。隣の七森さんは黙ったまま、情報をメモするために出したはずのメモ帳を破ってカブトムシのような何かを折っているが、あるいは僕と同じことを考えているのかもしれない。

「あの、それで……」

北斗君がもじもじしながらこちらを見た。「ええと、ももとさん、でしたっけ」

「桃本です」

「ももと。いや、ももも……」

「桃本です。……桃、でいいですので」自分の名字が発音しにくいのは百も承知である。楓ヶ丘の人も皆「桃」で済ませている。

「すいません。……ええと、桃、さん」

「はい」

「その……いえ」北斗君はなぜか恥ずかしそうに下を向いた。

「……何か」

「いえ。その……」北斗君は消え入りそうな声で言った。「……やっぱり、その……鴇先輩の彼氏、とか……そういうのなんでしょうか」

「は」いきなりのことで、僕は一瞬、訊かれた内容が分からなかった。「あの、僕が、ってことですか？　別に、そういうわけでは」

「あ、そうなんですか？」北斗君の声が面白くらいに踊りあがった。

「『そういうわけでは』って、ちょっとはっきりしないですよね」なぜか七森さんが、前を向いたままぼそりと言った。「それって、そういうつもりはあるってことですか？」

「ええ？　いや」正面を見ると北斗君がこちらをじっと見ている。隣を見ると七森さんもこちらを向いた。

「いや、なんでそんな話になるの？」

「でも、鴇先生が一番よく話をするのって、男性陣の中だと絶対桃さんですよ」

「そうかなあ。園長とはけっこう、いいコンビな感じだけど」楓ヶ丘の園長・佐世保修氏は宮内庁の幹部めいた上品な初老男性で、そういえば鴇先生となんとなく釣り合う。

「うん。意外と園長とか。園長だって、たしか奥さんがだいぶ前」

「園長さんより桃さんですよ。もしかして、黙ってるだけで実は前から彼女がいたんですか？」

「いないよ」なんで僕が質問攻めに遭っているのかよく分からない。

「じゃあ鴇先生以外に誰か、好きな人がいるんですか」

「いや、それは……あのう七森さん、なんで話題が僕のことになってるの？」

「いえ、そこはクリティカルに問題になります」

「北斗さん」

「おお？　なんか和気藹藹としてるな」

横から結城氏の声がして、助かった、と思った。僕はさっさと鴇先生を振り返る。

「どうでした？　見覚えがありましたか？」

先生は黙って首を振った。

「白黒の上、不鮮明だが」結城氏が、持っていた数枚のプリンタ用紙をばさりとテーブルに広げた。

僕はそれをざっと見て、男の顔が一番大きく映っている一枚を取った。それほど細密な画像ではなく、顔に近づけて見てもかえって分かりにくくなるだけなのがもどかしいだが。

「……似ています。細かいところは見えないので分かりませんが、感じが」

結城氏はその回答を予想していたようで、驚いた様子もなく、どか、と向かいの椅子に座った。「君と佐恵子を襲った四人の中に、似たようなやつは？」

「それは……」別の紙を取って見る。「暗かったし、とっさだったので。……でも、こいつだ、っていう感じの男はいませんね」

「とすると、やっぱり予想した通りか。どこのつながりなのか知らんが、佐恵子の記憶にないってことは、その戸田って名乗った男、『一方的な知り合い』だったのかもしれないな」

別の紙を取って見ていた七森さんが、かすかに眉をひそめた。一方的に顔を知られている、という経験は彼女もあるのだろう。

「とにかく、こっちでももう少し、まわりを探ってみるよ。佐恵子本人じゃ訊きだせないこともある。……北斗、手伝えよ」

「はい」

「それと、何かあった時のために連絡先を交換しておいた方がいいな」結城氏は内ポケットから携帯を出した。

僕が気付いたのは、これまでの彼から一転して、変人な雰囲気が消えていることだった。別にここまで、わざと変人のふりをしていた、というわけではないだろう。だが、真剣になると雰囲気ががらりと変わる人らしい。表情からは緩んだ部分が消え、声も少し違った。これなら一応、鴇先生の昔の彼氏、というのも理解できなくはない。

連絡先を交換し、仕事に戻る、という結城氏たちと別れた。北斗君は僕たちの飲んだコーヒーのコップを甲斐甲斐しく片付けてくれ、「鴇先輩、そのうち飲みにでも」と健気に誘いつつ去っていった。

ロビーを出て井坂さんに挨拶する。

「……ああ、もうお帰りですか」井坂さんも残念そうだった。「お気をつけて」

僕たちはそれぞれに会釈をして自動ドアを開け、鴇先生を先頭に外に出る。周囲に街明かりがないせいか、自動ドアをくぐりながらもう夜空に星が見えた。

僕はそこでふと立ち止まった。振り返ると、七森さんがじっと前を見ていた。その視線を追う。視線の先にあるのは鴇先生の背中である。

「……七森さん？」

七森さんは僕に呼ばれると、ちらりとこちらを見て、ようやく歩いてきた。

「……どうしたの？」

「いえ……」

七森さんは無言で、僕と並んで歩く。その唇が動いた。

――鴇先生は、本当に――

かすかな声だった。僕がよく聞こうと体を曲げると、七森さんは目をそらして黙ってしまった。


あとで振り返ってみると、この時点で事態は相当切迫していたのである。

よく考えてみれば、のんびりしていられる状況でないことは明らかだった。「鴇先生のストーカー」は楓ヶ丘動物園を訪ね、仁堂製薬早瀬川研究センターまで訪ね、しかも、四人もの人間を雇って先生を拉致しようとしていたのだ。手段を選ぶことも、費用を惜しむこともしない相手だということは分かりきっていたはずなのだ。

それなのにこの時点で、僕はまだどこか、のんびりしていた。結城氏も北斗君も動いてくれるし、次は大学の方に行ってみれば何か分かるかもしれない。あるいはもしかしたら、「戸田」なる男は先日の失敗で、もう諦めてくれたかもしれない――そんなことすら考えていた。

あまりに楽観的で、危機感がない。僕は担当しているキリンやシマウマに似ているなどと言われることがあるが、まだまだだ。キリンもシマウマも、警戒すべき時はもっとちゃんと警戒している。

6

飼育員の仕事は朝が早いかわりに、通常夜はそれほど遅くならない。動物は日が落ちると寝てしまうからだ。楓ヶ丘の場合は夏季を除いて閉園が午後四時半、一応マニュアル上はそこから三十分で仕事が終わることになっているから（そんなにうまくいく日はそうそうないが）、その後シャワーを浴びて帰り支度をしても午後五時半くらいには退勤できる計算になっている。ただ、人工保育中の動物がいたり、企画の準備や研究で残業することはよくあり、その場合は出前を取ったり遠くのコンビニまで買い出しにいったりして夕食を調達しての孤独な仕事になる。楓ヶ丘動物園は郊外の、陸の孤島とでもいってよい地域にあるので、夜中にひとり残っていると周囲の静けさが染みてきて「何処やらむかすかに虫のなくごときこころ細さを今日もおぼゆる」などと啄木の歌が浮かんできたりする。まあこの歌は文系人間である服部君に聞いたものなのだが。

その日も残業で遅くなっていた。午後八時半を回ったところでようやく帰り支度を終えて飼育員室を覗くと、その服部君はまだ夕食もとらずにパソコンに向かっていた。

「お疲れ様です」こちらを向いた服部君は、特に疲れた様子もなく会釈をする。だいたい彼は爬虫類のごとく無表情で、疲労も空腹も睡眠不足も全く顔に出さない。

「ん。……服部君、まだ残るの？」

服部君は部屋の時計をちらりと見た。「切りのいいところで帰るつもりです。あまり遅くなると家の者が、もっと楽な仕事があるだの何だのとうるさいので」

どんな家なのか一度伺ってみたいものだ。「そう。……じゃ、帰り、気をつけて」

手を振って廊下に出る。

ちらついてなんとなく黄色っぽい蛍光灯の明かりの中を歩きながら、僕はさっき自分が言ったことを、少しだけ気にかけていた。いつもは、先に帰る時は「お先に」と言うだけで、「気をつけて」などとは言わない。

管理棟を出て、駐車場を抜ける。日没が早まる季節なので、この時間になるともう宵の口などではなく、とっぷり更け込んで発酵の始まった深い夜、という印象になる。星が出ており、近くにねぐらがあるらしくカラスの鳴き声が絶えない。

職員通用門のところの街路灯で腕時計の文字盤を照らす。普段は電車通勤で、駅までバスで行っているのだが、駅方面のバスはちょうど今、来る時刻だ。ここから走っても間に合わないだろうが、次のバスまでは三十分以上間隔が開いてしまう。バスが二、三分遅れて来れば乗れるから、駄目でもともと、ちょっと走ってみようか、などと考えながら、動物園裏の暗い路地を歩く。

もともと楓ヶ丘動物園の職員通用門に行く以外にほとんど用途がないこの路地には、街路灯が申し訳程度にしかついていない。そのせいで、前方に不審なワゴン車が停めてあることに気付くのが遅れた。

ワゴン車はこちらを向いて停まっていたが、人は乗っていないようだった。エンジンは動いておらず、ライトも車内灯もついていない。運転席は暗くて覗けない。

この路地を駐車場代わりに使う不届き者は時折いる。道幅が狭いので、いつも業務用車両が入れなくなって迷惑しているのだ。だから普段だったら、迷惑な車だな、で済ませていただろう。だが僕は、少し緊張して立ち止まった。駐車場に停まっていたワゴンから四人の男がわらわらと降りてくる場面が頭に浮かんでいた。

ワゴンは通用門の方を向いている。……誰かを待っているのだろうか？

とっさに通用門の方を振り返り、今は黒いシルエットになっている管理棟を見た。残っているのは守衛さんと、飼育係ではたぶん、服部君だけだ。鴇先生は僕より少し前に帰った。

立ち止まっていた僕はまた歩き出した。先生が僕より先に帰ったのにまだここに停めてあるということは、この車は別に、何でもないのだろう。だが念のため、すれ違いざま少し注意して見て、おかしかったら服部君に連絡しよう。

そう思って路肩に寄り、ワゴンの横を歩いた。横目で中を窺ったが、やはり暗くて見えなかった。

エンジンは止まっているし、明かりもついていない。中は見えないが、人の気配はない。大丈夫だ。これはただの迷惑駐車で、運転手はどこかで缶コーヒーでも買っているのだろう。そう言い聞かせながら、少し早足になる。もし横で、いきなりドアが開いたら、そのまま全速力で走って逃げる。そうするつもりだった。

ワゴンの横を抜ける。ドアは開かなかった。離れる。一歩、二歩。

不意に、予想外に近い距離からざり、という足音が聞こえた。車の中ではなく、陰に誰かがいたのだ。ぎくりとした瞬間、背中に激痛が走った。全身が叩きつけられたような衝撃があり、自分が今、どうなっているのか分からなくなった。自分が倒れたことに気付いた瞬間、背中にもう一度激痛が走り、僕は自分では聞こえない悲鳴をあげながら、暗闇の中で火花のような何かが光ったのを見た。耳元でがさがさと音がし、頭に何かが被せられる。いつの間にか両腕が背中に回されている。

回された腕にちくりとした感触が走った。顔に被せられた何かが邪魔で、芋虫のように身をよじって取ろうとしたが体が動かない。そうしているうちに意識が曖昧になってきた。

※

まだ忘れるほど時間が経っていないはずなのに、最後に見た夢の内容が思い出せずにもどかしい。学生時代か何かに会っていたはずの、思い出すべき誰かが出ていて、それが誰だったのか、という点がひどく重要な気がするのだが、思い出そうとしても尻のあたりにごりごり当たる何かが痛くて集中できない。痛いので、当たる何かをなんとかずらそうとして身をよじろうとするが妙に体がついてこない。そういえば腕も痛い。痛いのには理由があった。確か、何かをちくりと刺されていたのではなかったか。

そこで急に、全身の感覚がはっきりした。自分が今、どういう姿勢になっているかがするりと理解できた。さっきまでの自分は何かを思い出そうとしていたはずだが、今ではもう、どうでもいい。大変。そう、僕は大変な状況だったはずなのだ。

目を開けたが、かえってそのせいで混乱した。確かに目を開けた感覚があるのに何も見えなかったからだ。もしかして自分は、開けたつもりになっているだけでまだ目を開けていないのかと疑い、何度か瞼を動かしてみる。確かに目を開けた感触があって、二度か三度、ぱちぱちという音すら聞こえた気がする。つまり、目を開けても何も見えないのだ。

ということは、僕は目が見えなくなってしまったのだろうか？　そう考えるとまた別種の混乱が襲ってきたが、顔を上げると正面、五メートルほど離れたところにかすかな灰色の明かりと、それに照らされた金属製のドアが見えた。それでようやく落ち着いた。暗い所にいるだけだ。目が見えなくなったわけではない。

が、喜び勇んで体を起こそうとするとぎち、という音がして両腕が後ろに引っぱられ、背中を硬い何かにぶつけた。それでまた僕は混乱したが、状況はすぐに理解できた。両手首を後ろで縛られている。何か、固いロープのようなもので。そしてその輪が、背中に当たった固い何か――おそらく金属製のベッドか何かに結わえられているのだ。つまり僕は今、暗いどこかに縛りつけられている、ということになる。

三度目の混乱はそうして、すぐに収まった。理由は分からないが、どうも視界を塞がれると、それだけで人間の思考力はゾウリムシ程度まで退化してしまうらしい。

「桃くん、大丈夫？」

横の、同じくらいの高さから声がした。鴇先生だ。

「先生」

この人もここにいて、しかも同じ高さから声がする。ということは。

「先生、大丈夫ですか？　怪我は」

「私は平気。あなたは」

「へ」平気、ととっさに返そうとして、念のため体の各部を動かして確認してみることにした。体のどこかが濡れているわけではないから、出血はしていないのだろう。右腕、左腕、右足、左足、と念入りに一つ一つ動かしてみたが、動かなかったり激痛のする部位はなかった。肩の関節と尻が痛いが、これらはずっと無理な姿勢で眠らされていたためのものだろう。口の中が渇いている。長い時間意識を失っていたのだろうか。

だが、どうやら。「……僕は健康なようです」

「そいつは何より」鴇先生のむこうから別の声がした。「こっちはさっきからケツが痛くてかなわんよ」

「……結城さん？」

「たぶん正解だ」結城氏の声が答えた。「だが明るいところで鏡を見るまで、確かなことは言えないな。体はとっくに毒虫になってて、ケツが痛いのは幻肢痛の症状かもしれない」

「不気味なこと言わないでください」

が、そんな自虐的な冗談を言えるなら元気なのだろう。鴇先生も心配している様子がない。「大丈夫ですよ。昆虫の脳に幻肢痛が起きるほどの複雑さはないはずです」

「いや、あの虫は物語の終盤までカフカ並の思考力を保っていた。分からんだろ」

「そんな話をしている場合じゃないでしょう」鴇先生が遮った。溜め息が聞こえた。

「いや、確かにそうです」どうも結城氏と話していると、こちらにも変人ぶりが伝染するような気がする。「これ、どうなってるんですか」

「楓ヶ丘の駐車場でやられたのよ。いきなりスタンガンで」先生は低い声で言った。よほど腹を立てているらしく、舌打ちが聞こえてきた。

あの時の激痛はスタンガンによるものだったらしい。何をされたのかずっと不安だったのだ。

「僕も似たような感じです。職員通用門の外の道で」あの道は暗い上にひと気がない。考えてみれば随分と不用心だった。「その後、何か注射されて」

「俺もそうだ。残業終わってやっと帰れると思ったら、車の前で待ち伏せしてやがった」結城氏が不満げに言う。「鎮静剤なんだろうが……あの野郎、量を確かめもしないでいきなり大量に注射しやがった。ど素人が。死んだらどうすんだ」

鎮静剤、麻酔薬といったものは要するに「体の機能を低下させる薬」なので、量が多すぎると睡眠を通り越してそのまま死んでしまう。下手をすれば僕はあのまま目覚めず、死んでいたかもしれないのだ。そう思うとぞっとした。

いや、今のこの状況だって、これからどうなるか分からないのだ。

僕は腕を縛っているロープを思いきり引っぱり、どこまで動けるかを試してみた。だが結果は芳しくなかった。僕が縛りつけられているのはベッドか何かだと思うのだが、力一杯引いても体を起こすことすらできない。腕をなんとか捩じって結び目を緩めようと思ったが、ロープが手首に食い込んで痛いだけでどうにもならなかった。結び目を見ることができないので、手首をどう縛られているのかも分からない。

鴇先生の声がする。「ほどけそう？」

僕は答えた。「無理です」

溜め息をつき、再び背中に当たる家具にもたれる。

それにしても、ここは一体どこなのだろうか。眠らされた僕はおそらくあのワゴンで運ばれてきたのだろうが、現在の時刻が分からないのでどのくらい寝ていて、どのくらい車に乗せられていたのか分からない。楓ヶ丘の近所でないとは思うし、まさか海外でもないだろうが、何か見当がつくものはないのだろうか。

あらためて周囲を見回してみる。さっきよりも暗闇に目が慣れたせいだろう。室内の様子は、ドアから入るかすかな光だけでもうすぼんやりと分かった。床はフローリングで埃が積もっている。壁にはおそらく白系統の壁紙が貼ってある。天井は二メートルと少しくらいで、部屋の広さは七、八メートル四方ぐらいだろうか。壁際にはパイプやらチューブやらが積まれているようで、机らしきものや三角コーンらしきもののシルエットもうっすらと見える。物置、というよりがらくた置き場のようだ。尻に当たるじゃりじゃりした感触から考えても、かなりの間放置され、汚れている廃屋らしい。

首を痛めそうなのをこらえて体をねじり、部屋の四方を観察する。壁の向こうに別の部屋があるという感じはしないし、内扉もない。僕の背後には小さな窓ガラスがあるようで、どうやらここは、プレハブの事務所といったところのようだ。窓から外は見えなかった。外が真っ暗で何もないのか、それとも窓が塞がれているのかは分からない。

体をひねっていたら腕が痛くなったので、ぎしぎしとロープを鳴らしながらもとの姿勢に戻る。

くそ、と思わず声が出た。

一体どうなっているのだ。ここはどこで、なぜ僕がこんな目に遭っているのか。そもそも犯人の目的は何なのか。

そこまで考えて気付いた。背筋に冷たいものが走った。

犯人の目的が、僕たち三人をここに縛りつけるだけのはずがない。この後さらに何かするつもりなのだ。

「先生、犯人を見ましたか？」

「いいえ」声が響かないようにしているのか、鴇先生は小さめの声で答えた。

今のところ、周囲に人の気配はない。犯人は僕たち三人をここに縛りつけたまま、どこかに行っているのだ。次にする何かの準備だろうか。あるいは、次のターゲットを攫っている最中なのだろうか。なら犯人は、全員を捕まえた後、何をするつもりなのだろう？

「この後、何をするつもりなのか知らないけど」僕の思考を先取りするかのように、鴇先生が言った。「いずれにしても、犯人はまた戻ってくるでしょう。そうしたら蹴り倒してやるわ」

「おい、無茶するなよ」結城氏が言う。

「スタンガンに鎮静剤、それに頭に被せる袋」鴇先生は落ち着いていた。「そういったものを使ったということは、犯人は一人なのよ。この通り脚は自由に動かせるし、うまくすれば嚙みつくことだってできる。なんとかなるでしょう」

「相変わらずだなお前」

結城氏は呆れた様子だったが、僕はなんとなくほっとしていた。鴇先生を敵に回すということはこういうことなのだ。それに僕だって、体をねじれば隣の鴇先生までは足が届きそうな距離にいる。おとなしくしてみせれば犯人は油断するだろう。どれだけ協力できるか分からないが、いざとなったら何でもしてやるつもりだった。

だが、そこで気付いた。

「おい、これは……」

結城氏も気付いたようだ。空気に妙なにおいが混じっている。いや、妙なにおいというより、これは。

……焦げくさい。煙のにおいなのだ。

急いで体をねじり、手首の痛みに耐えながら周囲を窺った。火は見えない。だが、においはさらにはっきりしてきていた。近くのどこかに火がついている。煙がここに流れ込んでいる。

煙のにおいが急に強くなった。木や紙ではない、もっと不自然で油っぽい、人工的な物質が焼ける悪臭だ。吸って大丈夫なのだろうか？

「ちょっと、これ……」鵜先生が言いかけてむせた。

周囲は暗くて何も見えなかった。だが、油のにおいの混じった空気はさらに濃くなり、僕も反射的にむせた。見えないが、もうすでに相当、煙が充満していたようだ。この部屋は密閉されている。換気扇のようなものは見えた気がするが、回っていなかった。そこまで移動するのも無理だ。

理解すると同時に背筋が凍った。犯人は戻ってはこない。このまま蒸し殺す気だ。

結城氏が、ぎしぎしとロープを鳴らしている。「くそっ」

煙が目にしみてきて、反射的に咳が出る。有毒ガスだろうか。もしそうでなくても、煙が充満している以上、この部屋には一酸化炭素が充満している。

とっさに息を止めようとしたが、苦しくなってすぐに煙を吸い込んでしまう。焦って上体をよじるが、いくら力を入れてもロープが緩む気配がない。動けない。腕の関節が外れてもいいから、と思いきり手首を動かそうとしたが、それでも緩まなかった。煙はさっきから充満している。もうどれだけ吸ってしまっただろう。僕が意識を失うまであと何秒ある？

だん、と音がした。隣の鴇先生が縛りつけられているものに背中をぶつけたらしい。それも無駄だったらしく、舌打ちも聞こえてきた。冗談じゃない。このままここで死ぬのか。なぜこんな目に。

縛りつけられているベッドか何かごと引きずって動かそうとしたが、どうしても体を垂直に起こすところまでいかなかった。煙は入ってくるばかりで出ていかない。どうにもならない。

「誰か！」

ドアのかすかな隙間に向かって叫んでいた。「誰か来てください！」

叫びながら、無駄だ、と思っていた。これだけ周到な犯人が、叫んだくらいで助けがくるような場所に僕たちを監禁するはずがない。さっき窓の外には何も見えなかった。周囲にはきっと、何もないのだ。

もう一度手首をねじる。ロープはやはり、同じところまでしか動かなかった。僕が逃げられないということはもう最初から決まっていて、動かしようのないことのようだった。逃げられないし、誰も助けてくれない。ガスは濃くなる。

つまり、死ぬ。

体がすっと冷えた。

これが死ぬ時の感覚か、と思った。これまで仕事を始め様々な場面で看取ってきた動物たちの、動かなくなって眠る姿が浮かんだ。ダチョウ。カイウサギ。テンジクネズミ。高校のころに死んだ犬のブラウン。道端で拾って校庭に埋めた見知らぬ鳩。今度はあれが、僕だ。

——ここのようですね。

ドアの外から変な声が聞こえた。それから、がんがんとドアを叩く音。

——桃先輩、ここですか？

信じられなかった。ドアの外から聞こえたのは服部君の声だ。

まさか、と思う間に、さっきより激しくドアが叩かれた。——桃さん、いるんですか？

今度は七森さんの声だ。

反射的に叫んでいた。「いる！　助けて！」

——おお、本当にいますね。

服部君の声がする。何をのんびりと。

隣で鴇先生が怒鳴った。「縛られて動けないのよ。なんとかして！」

——鴇先生ですね？　なんとかします！

声がやみ、続けて、だん、とドアが揺れた。二回、三回。だが、意外に頑丈なドアらしい。派手な音がするわりに破れなかった。

——駄目ですねこれは。七森さん、何か鈍器は携帯していませんか。

——ありません！

そんな奴がいるものか。服部君の声がのんびりしすぎていてもどかしい。

「おい、早くしてくれ！」たまりかねたか、結城氏も怒鳴った。「ガスが」

言葉よりも、そこで結城氏が咳込んだことが事態の急をよく告げたらしい。外の二人はいっそう激しくドアを鳴らし始めた。だがドアは開かない。

——これは、無理ですね。

服部君が絶望的なことを言った。——とりあえず、割れる窓を探しましょう。ガスを逃がせば少しはましかと。

服部君の足音が動くのが聞こえた。確かに僕の後ろに窓はあった。だがあの窓、はたして出入りできる大きさがあっただろうか？　割ったところで、そこからガスが出ていってくれるのだろうか。

外から七森さんの声が聞こえた。——桃さん、鴇先生、ドアの反対側にいるんですよね？

「いる。こっちに窓が」言いかけてまた咳込んだ。

が、七森さんは意味不明なことを言った。

——分かりました！　何か飛ぶかもしれないので、頭とか守ってください！

「……は？」

七森さんの足音が離れていく。僕が今の言葉の意味を考える前に、今度は車のエンジン音が急速に近付いてきた。

爆発したような音がして建物が激しく揺れた。ドアがこちらに向かって弾け飛び、開いた入口から車のボンネットが突き出た。

結城氏が叫ぶ。「うおっ？　なんだあ？」

飛んだドアがけたたましい音をたてて目の前に倒れた。きゅるきゅると音をたてて車のタイヤが回転し、ドアから突き出ていたボンネットが消えると、外の風景がシルエットで見え、冷たい空気が流れ込んできた。車のドアがばたんと閉まる音がし、七森さんが怒鳴る声が聞こえた。「服部さん、開きました！」

……ぶち抜いた、だろう。

車で体当たりしたらしい。とんでもないことをする子だ。だが助かった。

「桃さん、鴇先生！」七森さんが駆け込んできた。僕たちの姿勢を見てすぐに状況を察したらしく、鴇先生を縛っていたロープに飛びついた。

「おお、桃先輩ご無事でしたか」服部君が入ってきた。「やはり、これを持ってきて正解でしたね」

服部君は持っていた高枝切り鋏をぶん、と振った。

「どうして……」

「縛られているかもしれないと思いましたのでね」服部君は鋏の刃をしゃきしゃきと動かした。「それに、犯人が近くにいた場合は武器も必要になりますし」

事情が呑み込めない僕の横に膝をつき、服部君が高枝切り鋏を構える。「動かないでください。先輩の手首までパツンといきますので」

一体どうなっているのだ。助かったらしいのはいいが、なぜこの二人がここにいるのだろう。

ばちん、と音がして、手首を縛っていたロープが嘘のように緩くなった。そのまま手を自由にして、立ち上がる。思ったほど脚に力が入らず、僕はふらついて横の家具に手をついた。僕が縛りつけられていたのはやはり、骨組みだけのベッドだった。

服部君が鴇先生のロープを切ろうと高枝切り鋏を振りかざし、かわりに立ち上がった七森さんがこちらに来た。「桃さん、歩けますか?」

「大丈夫。……ありがとう。助かった」

「外に」

七森さんに手を引かれ、足元に転がっていたブロックにつまずきながら入口に向かう。

視界の隅で鴇先生が立ち上がったのと、服部君が結城氏のロープを切ろうとしているのが見えた。ドアのあった四角い空間をくぐり抜けると、ぶわ、と冷たい空気が顔に当たってきて心地よかった。大きく息を吸い、肺の中に綺麗な空気を満たす。

建物の外は舗装されていない駐車場のような場所だった。周囲が暗くてよく分からないが、フェンスに囲まれた敷地の出入口と、そのむこうに走る道路は街路灯の明かりで見えた。やはり見覚えのない場所だ。ここはどこだろう。

振り返ると、出てきた建物が見えた。建物は二階建ての、箱型をした簡単なプレハブだった。建設現場の事務所か何かなのだろうか。暗い中で閉じ込められていたせいか、もっと大きな建物だと誤認していたようだ。

そしてその二階には小さく、赤い火が揺れているのが見えた。これも、すでに燃え盛っているさまを予想していたのだが、そこまではないようだ。小火(ボヤ)とまではいえないが、二階の部屋の一部が燃えているだけらしく、煙さえ吸わなければそれほど心配のない状態だった。火元は二階だったらしい。

そこでようやく気付いた。今まで自分のことだけで頭が一杯だったが、あの二階には誰もいないのだろうか？　同じように犯人に監禁された人間がいるとしたら。

駆け出そうとしたが、脚が勝手に立ち止まってしまった。自分の脚なのになぜ思った通りに動かないのか奇妙だったが、考えてみれば、さっきまで監禁されて死ぬかもしれない目に遭わされていた建物なのだ。体の方が反射的に拒否しているのかもしれない。

僕に続いて脱出してきた鴇先生が、服部君に訊く。「二階に人は」

「確認していません」服部君の方も、言われて初めて二階を気にしたようだ。「物音はしませんでしたが」

一瞬、沈黙があった。僕はプレハブを見上げた。炎が揺れているのが見える。

七森さんが服部君の手から高枝切り鋏を奪い取り、建物に向かって駆け出した。

僕は固まっている両脚に、ふん、と気合を入れて踏み出し、彼女を追って土の上を走った。二階から物音がしなかった、というだけでは、誰もいなかったという結論は到底出せない。逃げられない誰かが二階にいるかもしれないのだ。

「ちょっと」

「おいおい」

後ろから鴇先生と結城氏の声がする。服部君は黙って僕の後をついてきていた。

プレハブは外付けの階段で直接二階に入るタイプだった。七森さんは兎のように身軽に跳ね、かあん、かあん、という甲高い足音を響かせながら階段を駆け上がっていく。

僕は手すりを摑んでその後から上った。手すりの錆びて剝げ落ちた部分が手に刺さり、鋭い痛みが右手に走る。

「七森さん」

七森さんはハンカチで口を塞ぎながら、階段を上がった先、入口のドアの横についている窓から中を覗いていた。ドアから煙がもうもうと流れ出ているのが、中で燃える火に照らされて見える。

中を見ていた七森さんはゆっくりと体をひねると、持っていた高枝切り鋏をハンマー投げでもするように振り回して窓ガラスにぶち当て、派手に砕いた。切った右手を押さえながら大股で階段を駆け上がり、窓枠に残っている破片を叩き落としている七森さんを呼ぶ。「中に誰かいた？」

彼女はこちらを見て何か言いかけたが、説明するのは後でいいと思ったのか、無言で窓枠に足をかけ、中に入った。僕もその後に続く。一階同様、がらくたのごちゃごちゃ置かれた部屋で、窓枠から足を降ろすとじゃり、という感触がした。

室内は燃える炎でオレンジ色に染まっていた。僕は学生時代のキャンプファイヤーを思い出したが、これが室内というのがひどく奇妙だった。炎そのものは七森さんの背中越しに見える一つだけで、天井に届くか届かないか程度の燃え方だった。熱せられた室内の空気が肌を焼くように感じられて一瞬恐怖を覚えたが、目を細めて口を袖口で覆うと、耐えられないような熱さではないことが分かった。僕の後ろから服部君が入ってくる。外ではかんかんと音がしていて、鴇先生と結城氏が階段を上ってきているらしかった。

「七森さん」

七森さんは目を見開いたまま、ゆっくりと振り返った。「桃さん、これ……」

「こらっ、何やってるの。早く出なさい」

後ろからいきなり襟首を引っぱられたので転びそうになった。入ってきた鴇先生は問答無用で僕と七森さんを引っぱり、服部君を押しながら炎に背中を向ける。口を覆っていた腕が外れ、僕は吸い込んだ煙にむせた。

「馬鹿野郎。早く出ろ」窓の外から結城氏が怒鳴っていた。「自分が要救助者になっちまうだろうが」

そういえば火災時は、たとえ中に要救助者がいたとしても、決して火災現場に戻るなと言われている。もっとも、僕たちはさっき、そのおかげで助かったのだが。

七森さんは転びそうになって鴇先生にしがみついた。「先生……」

先生がその肩を抱いて引っぱる。「振り返らない」

僕の方はつい、それを聞くと同時に振り返ってしまった。さっきすでに、七森さんの頭越しにちらりと見えていた。

部屋の中にはがらくたが詰め込まれている。金属製のロッカーやラック。金庫らしきもの。並べられた事務机の上にさらに積まれた事務机。その奥、壁の二メートルほど手前で炎が燃えていた。オレンジ色に揺らめく、僕の背丈より大きな魔物のような炎。その根元にあるのは大きなサイズのソファのようだった。カバーと中のウレタンはほとんど焼け落ちており、金属製らしきフレームも熱でくの字に曲がり、気味の悪い焦げ茶色に変色している。

だが、その上で燃えている物がどういう形状をしているかは見えた。黒く炭化しているが、明らかに腕と足があるのが分かった。

後ろから腕を強く引かれ、傍らのラックに肩をぶつけて転びそうになりながら窓の方へ向き直る。僕の頭はすでに、あれが人形でありますように、と考えていた。

「鴇先生」

「おい、無茶するな」

外からした結城氏の声に、鴇先生が怒鳴り返す。「要救助者はいない。出るからどいて」

鴇先生に肩を抱かれた七森さんに続き、いつの間にか外に出ていた服部君に引っぱられながら窓枠に足をかけ、外の冷たい空気の中に戻る。ふらつきながら階段を下り、地面に足がつくと、再びほっとして力が抜けた。それでもなんとか脚を動かし、地面の石ころを踏んで足首をぐきりとやりながら建物から離れる。

「一一九番と一一〇番は」先生は七森さんを引っぱりながら、服部君に訊いていた。

「到着してすぐに」服部君が有能な秘書といった風情で答える。「数分のうちに到着するかと」

煙のにおいの薄まるところまで五人で歩き、ようやく立ち止まる。それぞれに自分の監禁されていた建物を振り返った。この位置からでもまだ、割った窓越しに赤い光が動いているのが垣間見える。

助かった、と認識し、僕はようやく、こりこりに固まっていた肩や首筋から力が抜けた。反動なのか、そうなると今度は全身の力が際限なく抜け続け、立っているのが辛くなった。関節が溶解して体が地面に垂れ落ちそうだ。遠くからかすかに、消防車のサイレンが聞こえる。右手の痛みが蘇ってきて、左手で押さえる。

僕は長く息を吐き、隣で建物を見上げている鴇先生を見た。「鴇先生、怪我とかありませんか？」

「ええ」先生はぱんぱんとズボンの埃を払った。「明るいところで見たら煤だらけかもしれないけど」

暗くて表情ははっきり見えなかったが、ほっとしている様子なのは分かった。

その後ろでは結城氏が、建物を見てぶつぶつ毒づいている。「……まったく冗談じゃねえ。なんてことしやがる」

怒りと不満をむき出しにした口調だった。こんな目に遭ったのだから当然といえば当然だったが、僕にはなんとなくそれが、落ち着いた態度を崩さなかった鴇先生との落差として映った。危機に直面すると人は本性を見せるというが、あるいはこの差が、二人がうまくいかなかった理由だろうか。

「結城さん」

「おお」結城氏は僕に見られていることに気付いたらしく、頭を掻きながら普段の口調に戻った。「やれやれだな。鎮静剤が欲しいとこだが、さっき刺されたのが抜けてないしな。淹れたてのコーヒーか何かないか？　砂糖も三つは欲しい」

「生憎、ないですね」ようやくこちらも軽い口調になれた。

火はまだ燃えている。割られた窓ガラスから、茶色い煙がもうもうと流れ出ているのが見える。僕たちは全員でそれを見上げ、数秒、沈黙していた。

七森さんが呟いた。「中に、いたのって……」

「今考える必要はないでしょう。警察がじきに来るから、調べてもらいましょう」

落ち着いてみると、認めざるをえないことがあった。

……二階で見たのは確かに人間だった。もうとっくに死んでいた。おそらく、火がついた直後に焼け死んだのだ。

顔を伏せた七森さんに言う。「ありがとう。来てくれなかったら僕たちまでああだった」

七森さんはそれを聞くと再び僕をじっと見て、長く息を吐いた。

最初に突入したのは彼女だったから、焼死体を目の前でまともに見たのも彼女だ。僕は思い出させるようなことを言わなきゃよかったか、と後悔したが、七森さんは震える声で、よかった、と呟いた。

「……心配したんですよ」涙声で言う。「桃さんに電話しても出ないし、鴇先生も出ないし、先生の車はそのままだし……」

服部君が横に来た。「僕も、最悪の事態も想像しましたよ」

「服部さんが悪いんですよ」七森さんは服部君を指さして鴇先生に訴える。「だって来る途中、車の中でずっと怖いことばっかり言うんですよ。『今頃、先輩はプロメテウスのごとく山で磔にされてオオワシに肝臓を啄まれているかもしれません』とか『イクシオンのごとく燃えさかる車輪に縛りつけられてぐるぐる回されているかもしれません』とか」

「服部君」

「申し訳ありません」服部君は眼鏡を押さえてそっぽを向いた。「先輩が監禁されているかもしれないということで、つい想像力の翼が羽ばたきまして」

わざわざ七森さんに言わなくてもいいだろうに。

「怖くて」七森さんは泣きべそをかいて目をごしごしとこすっている。

鴇先生がその背中を叩くと、七森さんは先生に抱きついて泣きだした。よほど不安だったのだろう。すまないなあ、としみじみ思う。

「先輩は結局、縛られただけですか」

「うん。……助かった。ありがとう」

「いえ」服部君はなんとなく勢いを失った感じで答えた。なんだそれだけか、という落胆めいたものが感じられるのは気のせいだろうか。

「助かったが」結城氏が横に来た。「事情がよく飲み込めないぞ。君ら、どうしてここが分かったんだ？」

七森さんの背中を撫でながら、鴇先生もこちらを見た。

「職場の北斗氏から、七森さんに電話がありましてね。結城さんが仕事中、不自然にいなくなった、とのことでして。……あなたが結城さんですね」

「ああ。……北斗が？」

「その電話を受けた七森さんが、桃先輩と鴇先生の携帯に電話をしたのですが、どちらも出なかった、ということで。……それで、僕が車で駆けつけたというわけです。七森さんは楓ヶ丘にいたので、途中で拾いました」

「ああ、なるほど……いや待て」結城氏が手で服部君を留める。「説明になってないじゃないか。俺が訊いたのは、そもそもどうして俺たちがここに捕まってるって分かったか、だ」

その通りである。僕は周囲を見回す。暗いせいもあるが、全く見覚えのない景色だ。

「ここ、どこ？　楓ヶ丘の近く？」

「いえ、隣の県です。楓ヶ丘と仁堂製薬の研究センターの、ちょうど中間あたりでしょうか。中途で投げ出された建設現場跡か何かのようですね」

「それなら、どうして」

「以前、言った通りです。僕は口だけにしない主義ですので」

「……は？」

「ベルトを失礼」服部君は膝をつくと、僕のベルトのバックルをやや強引に引っぱって外した。何をする、と思ったが、外れたバックルの下から五百円玉くらいの、メモリーチップのような何かが出てきた。

「これですよ」

服部君は見えやすいように、取り出した何かを掲げてみせた。

「……おい。それって」

「ですから、GPS発信機です」

服部君は平然と、取り出したものを僕の手に置く。結城氏が横から覗き込んで、おいおい、と言った。

服部君は得意げに、くい、と眼鏡を押した。「以前、言ったではありませんか。先輩が狙われているかもしれないので、GPS発信機をつけてはいかがですか、と。念のため、七森さんにもこのことは話し、桃先輩の動きに不審な点があったら報告するようにと伝えておきました。正解でしたね」

それじゃ完全に「監視」ではないか。結城氏が僕の手から発信機を取り上げて眺める間、僕は何も言えなかった。

「ええと……」言葉を探す。「……黙ってつける必要って、あったの？」

服部君はそれを聞くとこちらをまともに見て、それから斜め上に視線を移し、しばらく考えた。

「……そういえば、ありませんね」

消防車のサイレンが近付いてきた。

横を見ると、結城氏が鴇先生と七森さんの方をじっと見ていた。この暗がりではよく分からないが、何か鋭い目つきになっていたので気になった。

そういえば、研究センターを訪ねた時にもこの目つきになっていたな、と思い出す。見ているのは七森さんだろうか？

「結城さん、どうしました？　七森さんか鴇先生が何か」

「ん？　いや」結城氏は僕に見られているのに気付いていなかったようで、すぐ目をそらした。「……後ろから見ると何かの構造式に似てるなと思っただけだ。ジカルボン酸無水物だったか」

「はあ」何のことだそれは。

「知ってるか？　ペンギノンって物質があってな。なんでペンギノンっていうかっていうと、構造式がペンギンに似てるからそう名付けたらしいんだよ。本気で」⑤
「はあ……」

ウニの仲間には「カシパンウニ」というのがいて、これも「菓子パンに似ているから」といういいかげんな理由で名付けられたのだそうだから、ありうる話ではある。そして本来そんな話はどうでもいいはずで、結城氏は明らかに話をそらそうとしているのだが、それを指摘してよいものか。僕はただ頷くしかなかった。

サイレンをけたたましく鳴らしながら、そのわりにゆっくりとした動きで消防車が入ってきた。

「消防の方が早かったですね」服部君がそちらに向かった。「では、事情を説明しにいきましょう」

消防隊が到着してから鎮火までは五分とかからなかった。もともと二階の一部屋が燃えていただけであるし、火自体が小さかったということもあるのだが、この早さはさすがにプロである。消防隊員のみなさんからすると、三分ほど遅れて到着したパトカーの警察官が「現場荒らさないようにお願いしますね」とまとわりついてきたので、炎よりそちらの方が面倒だったらしい。まあ、どちらにもやるべき仕事があるのである。

僕たちは現場の敷地内で、そのまま警察の事情聴取を受けた。周囲に明かりがないため、懐中電灯で手帳を照らしたりパトカーの中に二人ずつ入ったりしながらの窮屈な事情聴取だったが、警察の人たちは現場を動くつもりはないようで、遅れて到着した刑事たちも温かい缶コーヒーなどを買ってきてくれたりしつつ、僕たちを現場に留めおいた。

事件処理が進むとそのことにも納得がいった。消火活動はすぐに済み、現場検証が始まると、僕たちは何度も刑事たちに呼ばれ、現場から見つかったものを見せられながら質問をされた。嫌な予感がしていたのだが、二階の焼死体についても確認してくれと言われた。僕はできれば断りたかったのだが、獣医である鴇先生と製薬会社の研究員である結城氏は死体もわりと平気なようで、さっさと承諾してしまった。僕には、人間の死

(5)　本当。

体は専門外なのだが。

二階の焼死体については、意外な事実が判明した。僕たちはてっきり、あれも自分たち同様、どこかから攫われてきた被害者だと思っていたのだが、どうもそうではないらしい。鎮火後に現場検証をした警察の人によれば、焼死したのは中年の男性で、身元は不明ながら、どうやら自殺とみられる状況であるとのことだった。部屋にある二ヶ所の窓は両方とも内側から鍵がかかっていたし、入口のドアも鍵がかかっていた。鍵はソファの骨組みの間から見つかったとのことで、換気扇の隙間などから投げ入れられる場所ではないとのことである。

それでは自分で自分に火をつけたのか、と僕はぞっとしたのだが、警察は現場検証で、ソファの下から灯油を張っていたとみられるバットと、目覚まし時計を改造した簡単な時限発火装置を発見していた。犯人はこれを仕掛けてから薬で意識を断ち、ソファごと自分を燃やしたらしい、とのことである。

部屋の隅からは、持ち物の入ったバッグが出てきていた。バッグの中にあったものは衣類や財布などで、財布からも男の身元を示すものは出てこなかったが、かわりに一冊のスクラップブックが出てきた。

その中身は事情聴取の時に僕も見せてもらったのだが、正直、ぞっとした。中に貼られていたのはすべて鴇先生の写真で、自分に関するものは一枚もなかったのだ。ありがちなストーカーのイメージとして、部屋中に相手の写真を貼る、などというものがあるが、実際にそれに類するものを見せられると、思わず声が漏れるほど気色悪かった。鴇先生や結城氏も一緒に事情聴取を受けたので、回収されたスクラップブックは一緒に見せられたのだが、さすがに鴇先生も顔をしかめていた。

僕たちが縛られていたというのはつまり、犯人の男はあのまま無理心中を――つまり、建物ごと燃やして一緒に焼け死ぬつもりだったということなのだろう。犯人のストーカー男は鴇先生と一緒に死に、ついでに鴇先生の元彼氏である結城氏も始末するつもりだったのだ。僕が巻き込まれた理由はよく分からなかったが、そこは七森さんが教えてくれた。最初チンピラに囲まれた時、僕は鴇先生と一緒にあの人の車に乗ろうとしていた。それを見たチンピラ連中が、僕のことを「鴇先生の現彼氏」と勘違いして報告したのだろう、と。ひどい話である。

そのひどい勘違いによって、危うく僕までが燃やされるところだった。だが用意した灯油が少なすぎたのと、現場となったプレハブがしっかりした造りで、床や天井の内装に難燃性のボードを使用していたため、一階まで燃えはしなかったのだ。もっとも、現場は人通りのない山の中だったから、あのままずっと縛られていたらこちらにも火が来ていただろうし、その前に発生した燃焼ガスで死んでいただろう。そのことを刑事から聞き、あらためて僕は、事態の重大さを認識した。服部君が変態でなかったら死んでいたのである。

刑事たちから事情を聞き、また自分が知っている事情を話して伝えながら、僕はまだ現実感のない頭でぼんやり考えていた。動物園の飼育員とはこんなにバイオレンスな仕事だっただろうか。殴られて気を失ったり、事件に巻きこまれたことは以前にもあった。なぜこんな目に、と思わないでもない。

だがとにかく、犯人は死んだのだ。僕たち全員が無事だったことを喜ぶしかなかった。

第三章　捜査線上のオオワシ

7

僕は担当するグレービーシマウマの餌が入った籠を頭に載せ、バランスをとりながら「アフリカ草原ゾーン」の放飼場内を歩いていた。歩く時に頭に籠を載せるのは別にマニュアルではなく、自分で工夫した結果である。最初のころはふらついて餌をこぼしたり、柵越しに見ているお客さんに指さされて恥ずかしく思ったりしていたのだが、今はもう慣れてしまって、こちらを見ている子供に手を振ったりできるようになった。

なぜこうするかというと、籠が巨大で重いからである。楓ヶ丘動物園で僕の担当する「アフリカ草原ゾーン」はアミメキリン数頭とグレービーシマウマ数頭、さらにダチョウ数羽をまとめて混合展示している。いずれも体が大きい上に、暇があればそこらの草をもしゃもしゃやっている動物であるから、一日にやる餌の総量は百キロにのぼる。朝と夕方にそれぞれ給餌し、午後、食事風景を展示するお食事タイムにもおやつ程度の餌をやるのだが、それでも給餌の時は、十キロ近い餌籠を持って放飼場内を歩き回ることになる。小脇に抱えられるサイズの籠では放飼場とバックヤードを十何往復もしなければならないのでポリバケツ並に大きな籠を使っているのだが、両手で重い籠を抱えて歩き回るという動作はかなり腰にくる。どうしようかと思って工夫した結果、最も楽で腰に優しいのが、籠を頭に持って運ぶこのやり方だった。アジア・アフリカの諸地域では農業等に携わる人が普通にやっていることだが、なるほどこれは合理的である。シマウマの餌は小分けにして放飼場内に何ヶ所もある餌場に入れているため、こちらは何度も何度も籠を下ろしたり頭に載せ直したりしなければならない点が問題だが、これは自然状態ではあっちこっち歩き回りながら餌を食べているシマウマの性質を考慮してのことで仕方がない。慣れた今では籠の上げ下ろしが曲芸めいた軽やかさでできるようになり、時折お客さんから拍手が飛んだりするので、そう問題でもないのだ。

ひょい、と籠を下ろし、乾草、ニンジン、ヘイキューブ⑥といった飼料をバランスよく餌場に入れていく。後ろから視線を感じて振り返ると、シマウマの中で最も食い意地の張っているコータロー（オス・八歳）が木の陰に立ってこちらをじっとりと見ていた。たぶん僕がどいたら真っ先に餌場に突進し、好きなニンジンだけかっさらうつもりだろう。これにはいつも困らされているので、僕は籠を頭に載せると早足で次の餌場に移動した。彼が一つ目の餌場のニンジンを堪能しているうちに、他のシマウマがニンジンを食べられるようにしなければならない。

籠を頭に載せて移動していると、親子連れが柵にとりついて、ニンジンを選んで食べまくるコータローを指さした。今日は土曜だが、いつ雨が降るともしれない曇り空で風が冷たいせいか、お客さんはやや少ない。そのためお客さんも動物たちも、わりとのんびりしている。

すっかり平常運転だなあ、と思う。三日前の夜の事件が嘘のようだ。

あの夜の事情聴取は翌日未明、近所で鶏とコジュケイが鳴きだすまで続いた。動機がストーカーという人間関係面のものであったことと、助かったとはいえ三人の人間が拉致監禁され、建物もろとも燃やそうとされたという重大性を考えれば、当然のことだろう。場所が山の中なので十月にしては冷え込み、そのことも手伝って、事情聴取を受ける僕たちは最後の方になるとだいぶへたばって無口になっていた。する側の刑事たちは平気そうで、むしろ「お疲れかと思いますが」とこちらを気遣いつつ、同じ質問を何度でもしてきた。「仕事でやっている」ということはこういうことなのだなあ、と思った。

（6）牧草を乾燥・圧縮して四角く固めたもの。あまりおいしそうに見えないが、動物は好き。

翌日——つまり一昨日の未明、ようやく解放された僕たちはふらふらになりながら帰宅したが、家の留守番電話には園長からの非情な命令が入っていた。今日もいつも通り出勤し、何事もなかったかのように勤務するように。ただし代員を出すから、仕事はその人間とペアでするように、というのである。なんだそれは、と思ったが、朝のニュースを見ると理由が分かった。前夜の事件は現場となったプレハブの空撮付きでニュースになっており、被害を受けた僕たち三人は名前こそ出なかったものの「動物園職員二名と、知り合いの会社員一名を監禁し」という形でしっかり報道されていた。結城氏は大丈夫かもしれないが、楓ヶ丘動物園はこの間のダチョウ騒ぎ、さらにはそれ以前の事件でマスコミに名前が乗っている。ニュースで言っている「動物園」はまたあそこなのではないか、と疑われる可能性があるのだ。現に僕は朝、伯母からの電話のベルで起こされ、「テレビでやってたけど、動物園職員ってあなたのとこの人じゃないの?」と興味津々で訊かれたのだ。園長の指示は要するに、テレビで言っていた「動物園職員」がうちの人間だとばれないよう、表面上だけでも平常通りにやっていろ、ということなのだ。仕事をペアでやれ、というのは、ふらふらの状態で出てきて事故でも起こしたらまずい、という園長なりの配慮だろう。そう考えるとそこまで非情とはいえないかもしれない。

実際、園長がそう考えるのも理解できた。報道では犯人がストーカーであった、としっかり言われていたからなおさらだ。理不尽なことだが、怨恨絡みの犯罪が起きると、マスコミは被害者の方まで「こいつらには何かあるのではないか」と探りを入れてくるものなのである。過去にも話題になったことがある動物園だから火のないところに煙は立たないだろう、などと考えられてしまってはたまらない。

僕はその日、寝不足でふらふらになりながら出勤したが、仕事着になって長靴をはくと、思ったよりいつも通りに動けた。七森さんなどは平常通り、担当する「ふれあいひろば」で子供たちに動物の扱い方を明るく説明していた。どうも人間の体というのはそのようにできているようだった。さすがに昼食後は意識を失うようにミーティングルームの長机で寝入ってしまったが、昔は人工保育のため職場に泊まりこんで、翌日そのまま勤務、ということをする人もいたというから、そうそうへたばってもいられなかった。そして園長が危惧した通り、マスコミ関係者らしき人間が管理棟のまわりにちらほらしていた。

だが、マスコミの扱いは危惧したほど大きなものではなかった。理由の一つは「犯人が身元不明な上、すでに死亡している」という点だろう。これでは記事の書きようがないのだ。それに、死者や重傷者が出たわけではない。週刊誌などの動向はまだ分からないが、新聞では夕刊と翌日の朝刊に載ったのみで、テレビのニュースは朝のものだけで追加報道はなかった。その日は早めに上がり、家でぐっすり寝て翌日に出勤すると、もう早、日常の空気が戻り始めていて、僕の関心事は執筆中の研究報告と、担当の菱川さんのサポートで入っているボリビアリスザルの赤ちゃんの人工保育になっていた。犯人が鴇先生のストーカーらしい、ということは服部君が躊躇なくばらしていたので、職員は皆、関係者に対しては遠慮が先に立ってつっこまない雰囲気になっていた。先生だってあれこれ噂されたくはないだろうし、ありがたいことである。

グレービーシマウマの餌を配置し終え、籠を持ってバックヤードに向かう。

次はアミメキリンの餌だ。こちらはより重労働で、自然状態では首を伸ばして高いところにある枝を舐め取っているキリンのため、放飼場内にある木の上の方まで梯子（はしご）をかけて登り、そこの籠に餌を設置して回らなければならない。木登りに備え、歩きながら肩と首を回してストレッチする。

が、そこで気付いた。柵の外にいるカップルのお客さんの男性の方が、柵から身を乗り出してダチョウのココ（メス・十六歳）を指さしている。

柵から身を乗り出すお客さんも動物を指さして歓声をあげるお客さんもよくいる。だが、どうも雰囲気が妙だ。僕は籠を小脇に移し、近付いて呼びかけた。「どうしました？」

「あ、すいません」男性の方がなぜかいきなり頭を下げた。「あー、ええと、その」

だいたい事情は予想がつく。ココは祖父母の代から動物園にいたので人懐っこい。それに好奇心旺盛だ。「何か取られました？」

女性の方が彼氏を見る。彼氏は「あー」と言葉を探しながら唸った。「すいません。その……」

「申し訳ありません。その子ココっていうんですが、光ってるものとか引っぱれそうなものが大好きでして」

「ああ、そうなんすか」彼氏の方は頭を掻いた。「すいません。携帯のストラップなんすけど、なんか飲み込んじゃったっぽくて」

ネックレスやピアスをぎらりと光らせた攻撃的な容貌の人だが、気はよさそうだ。ここに来たのも彼女のリクエストなのだろう、と思った。

隣の彼女も「すいませーん」と合わせる。

「すいません」すいませんの応酬になるが、僕は頭を下げた。ココのこうした性格はパネルに書き、引っぱられるような光りものを目の前に持ってこないように注意を促してはいる。とはいえお客さん全員が気をつけてくれるわけではないし、こちらとしてはこういう場合でもとりあえずは謝るしかない。「携帯のストラップですね。どのような形状のものでしょうか」

「いや、別にいいっす」

「材質によっては糞と一緒に排泄されるかもしれませんし、もし出ましたら洗ってお届けいたしますので」こちらはこう言うしかない。

「いやいやいや」彼氏の方は笑った。「それより、飲み込んで大丈夫なんすか」

お客さんの中には「どうしても返せ」と粘る人もいるし、もっとひどいのになると「あれには宝石がついていた。百万するから弁償しろ」などと嘘を言う輩[7]もいるのだが、

(7)　詐欺罪になる。

そういうたぐいでなくてとりあえずよかった。「そうですね。……三、四センチ程度のものでしたら、問題なく排泄される場合もありますので」

「あ、そんなないっす。二センチくらいで」

「材質はどんなものでしょうか」

「布か何か？」彼氏は隣の彼女に訊き、彼女が「フェルト」と答える。

「そうですね。……でしたら、それほど問題ないかと」

フェルトの原料は羊毛だかレーヨンだかだったはずだ。一応どちらも、ダチョウなら消化可能なものではある。体調に注意する必要はあるが、金属やプラスチックよりはだいぶましだといえる。

「……分かりました。申し訳ありません。こちらで様子を見てみます」

僕は振り返ったが、ココは平然とした顔で反対側に行ってしまっている。かわりにボコがやってきて、彼女の方の前に立って羽根を広げ、わっさわっさと踊り始めた。

「すいません。……ええと、こいつは何やってるんすか」

「求愛です」

彼女の方がえぇー、と言って彼氏の背中に隠れ、彼氏は笑った。

「彼はお客さんの中に気に入った女性がいると、誰彼構わず求愛するので……うわ」

僕の方も、いつの間にか後ろに来ていたメイに首筋を舐められた。ココの様子を見たいのに、関係ないやつばかりが寄ってくる。

メイが首を伸ばして彼氏の方を舐めようとし、彼氏は「うおう」と言ってのけぞった。

「何すか」

「あ、この子は人間を舐めるのが趣味なんです」

「マジすか」

彼氏の方は舐められる覚悟で身を乗り出した。動物臭のするキリンの舌からは逃げる人が多いのだが、珍しい反応だ。

が、なぜかメイはすい、とそっぽを向き、やや速足で離れていってしまった。

「あれ、逃げられた」

彼氏の方はなんだか残念そうだったが、じゃ、すいませんでした、と言いながら離れていった。

僕はメイを振り返った。舐められる距離に人間がいれば棒アイスをもらった小学生男子のごとくに舐めつくすまで離さないのが通常であるメイが、ああまでそっけなくそっぽを向くのは珍しいことだ。何か理由があるのだろうか。あの彼氏の方が香水でもつけていたのだろうか。

後ろから足音が近付いてきて、振り返ると柵の外に、何に使うのか脚立を抱えた鴇先生がいた。

「何かあったの」

「ココがまたやりました。お客さんの携帯ストラップ飲み込んだようで」

先生は脚立を持ったまま頷き、獲物を探すような目でココを捜す。

「ただ材質がフェルトで、大きさも二センチくらいのものだそうで。消化しちゃうかもしれません。……経過を見て、もしものことがあったらお願いするかもしれません」

お願いするというのは、腸閉塞を起こしたら腸管切開・摘出手術をお願いするということである。わりとすごいお願いだが、動物園では日常のことである。先生は簡単に頷き、去っていった。

なんとなく視線を感じて振り返ると、メイが木の後ろからこちらを見ていた。ただぼーっとしているのではなく、観察しているようだ。その視線が僕を向いているのではないことに気付いた。メイが観察しているのは、鴇先生だ。

何だろう、と思った。獣医は動物からすれば「何か得体の知れない痛いことをしてくる人」であるから、基本的には嫌われ役となる。だが人に慣れたメイは何度注射や拘束をされてもわりと平気で、これまでは鴇先生を見ると舐めに寄ってきたはずである。

キリンとダチョウの餌を配置し終わり、動物たちの食いを観察してからバックヤードに戻る。ここまではいつもの仕事でココとメイを含め動物たちの動きもいつも通りだったのだが、道具を片付けてバックヤードの裏口から出ると、職員用通路にいつも通りでないものが二つ立っていた。三十代か四十代、ということしか分からない年齢不詳の顔。身長体重から髪形までよく似て区別のしにくい男性二人組。以前にもこの場所で似たような訪問を受けたことがあったのですぐにぴんと来た。影の世界の住人であるかのように揃って黒いスーツと地味なネクタイをしたこの二人組は私服警察官だ。それがこの人たちの性質なのか、現れる時はだいたい不意に現れるので少々驚かされるのだが、今回はそうでもなかったので、僕は先手を取って「お勤めご苦労様です」と言ってみた。

二人の刑事はこちらをまっすぐに見て挨拶を返してきた。名刺を受け取ってみると、隣の県の県警本部捜査一課とある。そういえば事件発生地は隣県だったのだ。

「桃本さん、その後どうですか。お変わりありませんか」右の一人が訊いてきた。

「はい。おかげさまで」

僕は周囲を見回す。刑事の訪問を受けているところをマスコミ関係者に見られたらあらぬ噂をたてられかねないが、生け垣と動物舎に挟まれた職員用通路は表からは見えないようになっているので、その心配はないようだった。刑事二人もそれを承知でここに来たのだろう。

今さっき午後の給餌が済んだので、次の仕事は夕方の入舎作業になる。仕事の谷間になる時間帯なので、僕は少し余裕があった。「今日は、どんなご用件で」

右の刑事は「よろしいですか」「何度も申し訳ないのですが」という儀礼上の決まり文句を手際よく並べつつ、僕に質問した。犯人の心当たり、拉致された時の状況、その前にあったチンピラ四人による拉致未遂。これまで何度も繰り返されたのと同じ内容の質問で、目新しいのは犯人の顔をＣＧで復元した画像を見せられたことだったが、それでも心当たりがないのは変わらなかった。

僕は届け出の書類でも記入するように同じ答えを繰り返していたが、それと同時になんとなく不審なものを感じていた。警察の人が何度も同じ質問をするのは知っている。復顔CGなど作っているところからしても、犯人の身元はいまだ不明のままで、そのままでは決着がつかないのだろう。その点は理解ができるのだが。

「あの」

僕が継ぎ目のない質問の連続を止めると、二人の刑事は同じ表情で僕を見た。

止めたはいいが、僕はその次に何を言うのか決めていなかった。つい頭を掻く。

「……ええと、これってやっぱり、犯人の身元が分からないから、なんですよね」

「ええまあ、そういうこともありましてね」右の刑事はまた同じ調子で喋り始めた。「まあ私どもとしては、あの男が死んだからといってそれで店をたたんじまうわけにはいかないわけでして。まあご面倒とは思いますがあらためてもう一度、事件時の状況などお話しいただきたいのですよ。繰り返しになりますが、火災現場から助け出されて、二階に上がって焼死体らしきものを見て、それからまた二階を出るまでのこと、できる限り詳しくお話しいただきたいのですが」

「それは……構いませんが」全く同じ質問を何度もされた。なぜこんなに、この質問だけ繰り返すのだろうか。

しかし黒い二人は右前と左前から同じ顔で僕を見ている。観察している、といった方がいいことに気付く。

僕は観察されながら、何度もした話を繰り返した。二人の方も僕の話を聞きながら、これまでと同じ個所で「それは確かですね」と念を押した。一階の部屋にもすでに煙が来ていた。脱出してから、七森さんに続いて二階に上がった。入口のドアが開かず、七森さんが高枝切り鋏で窓ガラスを割って現場に突入したが、すでに男は焼死体になっていた。鴇先生に引っぱられて七森さんらと一緒に窓から出た。そこから警察が到着するまで、二階に近付いた者はいない。

「あとは警察の方から、現場検証の結果を伺っただけです。ソファの下に灯油と時限発火装置があって、窓は内側から鍵がかかっていたし、ドアも鍵がかかってて」左の刑事を見る。「……犯人が無理心中を図ったけど、建物が難燃性だったから、あの時点ではあそこまでしか燃えていなかった——ですよね？」

「その通りです。よくご記憶でいらっしゃる」右の刑事が頷いた。「鍵は確かにかかっていましたし、合鍵は捜索中ですが、まだ発見されていない」

刑事の言い方が丁寧すぎる気がして、僕は気になった。「あの、どうして今、こんな話を？」

「ええまあ、こういうことを調べておりますよ、というわけでしてね」右の刑事が抑揚のあまりない奇妙な口調で喋り始めた。「そもそも現場となったプレハブ自体が所有者がはっきりしない。十七年ほど前に中途で頓挫した建設現場の現場事務所だったわけですが、建設会社も記憶していないし事実上の占有者も不明のままで誰も覚えていない。どうもこれは臭いですな。中の状況からすればガラクタの置き場にされていて、あるいは誰かが不法に居住していたものと思われるわけですが」

「あの……」

「こういう状況なのですがね」右の刑事はこちらの当惑を押さえつけるように言った。「いかがでしょうか。何か心当たりはありませんか。……正直なところ、どう思われますか?」

「あ、あの」左の刑事も僕を凝視しているのが分かり、左右から観察されてこちらはついどもってしまう。「……どう、って、つまり、どういうことについてですか」

「何かお感じになったことは」右の刑事が微動だにしないまま応える。

「感じ、って、いえ……」左右から見られているので視線をそらす場所がない。僕は左の刑事を見て、そちらもやはり僕を見ているのでまた右の刑事に視線を戻した。「思いつきません。特には」

「では、あなたの周囲であの現場、あるいはああいった廃屋の話など出たことはないでしょうかね」

「それも……ありませんが」

あれは全く心当たりのない場所だった。だが、そもそも。「いえ、それより、どうして僕の周囲、なんですか?」

「ああ、いえいえ。関係者には全員に伺っていることでしてね。結城さんの職場でも同じことを尋ねてまわっておりまして」右の刑事は急いで付け加えたような調子で言ったが、その間も目は僕を見ていた。「では、あの現場に心当たりはない……と。まあ何か、思い出されたことがあればご連絡いただけると助かります」

「はあ」

「どんな些細なことでも結構ですので」

僕が頷くと、二人の刑事はさっさと挨拶をして帰っていった。同一人物のような二つの黒い背中が遠ざかり、管理棟の方へ曲がって消えた。

サル山の方から、ニホンザルのきゃあきゃあという鳴き声が聞こえてくる。

僕は刑事二人の去った方を見たまま考えていた。あの二人はなぜ来たのか。

あれは明らかに、「死亡した犯人の身元が不明だから」捜査しているのではない。まだ事件は未解決、という態度だった。どういうことだろう。彼らは僕から何を聞きたかったのだろう。

湿った風が吹き、顔を上げると頭上に灰色の雲が迫っていた。天気予報では何も言っていなかったが、雨になるのだろうか。

「当然、未解決と言うべきでしょうね」

退勤時、ロッカールームで服部君と会ったので、昼間、訪ねてきた刑事たちの話をしたら、返ってきた答えはこれだった。「あの状況で犯人が自殺、と考えるのは、あまりに無理がありますよ」

「……やっぱりそうなのかな」僕は着替えのシャツを引っぱり出し、服部君に訊いた。「刑事二人は、はっきりそう言ったわけじゃなかったけど」

「捜査状況はなるべく言わずに済ませる、というのが警察ですからね」ロッカーの扉をばん、と鳴らして背中を預け、服部君は腕を組んだ。「しかしあの現場、てっきり合鍵が見つかるものかと思っていたのですが」

服部君はどうも、僕より状況が分かっている様子である。

「自殺じゃない、って、はっきりそう思う根拠があるの？　警察も服部君も」

「まあ、自分の身に置き換えてみれば、犯人の行動がおかしいのは一目瞭然でしてね」

僕の脳裏に、二階で見た男の焼死体が浮かんだ。知らない男だった。鴇先生への歪んだ愛情を暴走させた末、自分に火をつけた男——だと思っていたのだが。

「たとえば僕が先輩のストーカーで、邪魔な鴇先生と七森さんを始末し、先輩と一緒に死ぬつもりになったとしましょう」

「なんでそのキャスティングなの」変える必要がないじゃないか。

「僕なら、あんな行動は絶対にとりません」服部君は眼鏡をぎらりと光らせた。「まず邪魔者の鴇先生と七森さんですが、僕ならわざわざ拉致して眠らせたりせず、その場で殺します。どうせ僕もすぐ後に死ぬんですから、二人の死体は朝まで見つからなければそれでいい。そして先輩です。せっかく先輩を拉致監禁して好きにできるのです。僕なら今生の思い出に、好き放題しますね。服の中に一匹ずつオブトサソリ(8)を入れていく。アンボイナ(9)満載のプールに浸す……おっと」服部君は眼鏡を押し上げた。「顔の上でヤドクガエルを跳ねさせて、恐怖する表情を眺めるのは外せませんね」

「怖すぎる」本気なのか冗談なのか分からない顔で言うところが一番怖い。

「それなのに犯人は先輩に……この場合は鴇先生に何もしていない」服部君はずい、と寄ってきた。「おかしいと思いませんか。普通、心中しようという人間は、まず相手を殺してから自殺しようと考えるものです。そして心中のつもりだったというなら、やり方が不徹底すぎます。建物ごと燃やすつもりだったなら、なぜあんな不燃性の建物を選んだのでしょう。不燃性だということを知らなかったのだとしても、自分の寝るソファの下に灯油を撒いてよしとするのはあまりに間が抜けています。そもそも一緒に死ぬつもりなら、自分も一階にいてそこで自殺すればいいはずではありませんか」

「それは……確かに」僕はとりあえず下がって距離をとる。「でも、現場は鍵がかかってたわけだけど……」

「まさにその点も不自然なんですよ」服部君は視線を落とし、独り言の口調になった。

「これから自殺する人間が窓から玄関ドアまで、あんなにきちんと施錠する必要があっ

(8) 刺されると死ぬ可能性のある猛毒のサソリ。別名「デスストーカー」。
(9) 刺されると死ぬ可能性のある猛毒のイモ貝。日本でも数十件の死亡例がある。

たでしょうか」

そう言われると、こちらも考え込んでしまう。

服部君は自分が言ったことに自分で思考を刺激された様子で、ぶつぶつと言い始めた。

「……現場になった二階に、部屋はあれひと部屋。入口は階段を上ったところにある玄関のドアと、階段横、および玄関から向かって左側についている窓だけ。玄関のドアは鍵がかかっていて、この鍵はソファの骨組みの間から発見された。これはウレタンが燃えてそこに落ちたということでしょう。ソファは部屋奥の壁際、玄関からは五メートルほど離れていますし、周囲をがらくたに囲まれていて、換気扇から投げ入れる等は無理。窓は通常のクレセント錠で、内側からでないとかけられない。換気扇から糸を伸ばしたりしてかけるのも無理だという話です。発火時、ドアも窓も鍵がかかっていたことは確認されたそうですし、合鍵の存在は県内や近隣で捜査中ですが、出てきていない」

「それは……僕も聞いたけど」

「ですが警察は、その状況でなお、確信を持って捜査を続けているわけですよ」

「つまり……」

自分の口からは言いたくないことだったが、この期に及んで気付かないふりをしていたら、かなりの間抜けになってしまう。結論を言うことにした。

「……あの焼け死んだ男は自殺じゃなくて、他の誰かに殺されたっていうこと？　無理心中に見せかけた殺人だった？」

「そうでしょう」

僕はとっさに「でも」と言いかけたが、記憶の隅まで探してみても、「でも」に続く事情は何一つ出てこなかった。

それに僕自身、どこかで納得していないところがあった。本当はまだ、この事件は終わっていないのではないか、と。マスコミで「犯人死亡」と扱われていたから、自分の中の不信感から目をそらしていたのだ。

……事件は終わっていない。二階で死んだ男は、他の誰かに殺されたかもしれない。だが、だとしたら二階の男は何者で、なぜ殺されたのだろう。それにそもそも、一体どうすればそんなことが可能になるのだろうか。あの二階は出入口すべてに鍵がかかっていたはずなのだ。

しかし服部君の方は、腕を組んだままにやりと笑った。

「……面白いではありませんか」

僕は着替えのシャツを丸めて抱えた。いかに周囲の空気が不穏であっても、仕事がなくなってくれるわけではない。帰れる時は早く帰り、明日の仕事に備えるべきだ。

8

翌日、僕は朝六時過ぎに出勤した。普段はだいたい八時頃なのだが、鴇先生が繁殖のため他園のイヌワシを迎え入れる準備をしていて、よその動物園に出張する予定になっているので、午前中だけはその代番で猛禽館を担当することになったからだ。鳥類は朝が早く、日が昇りかける頃にはもう起きてさえずっているので、担当者はそれに合わせて早く出てくることになる。調理室などが違うためよく知らないのだが、楓ヶ丘動物園でもバードホール、または猛禽館の担当者は朝六時出勤が普通らしく、八時頃に出勤してくる他の担当者は鳥類の代番と聞くとげっそりしたりする。遅刻をする人はまずいないのだが、それは「明日は鳥だ」と意識するあまり早く起きてしまうためで、夕方ぐらいにはガス欠になってぐったりし、心の中で「もうテンション保つのきついよう。早く閉園になってくれよう」と願いながら働くことになるのである。

ロッカールームの空気は冷たく、羽織った職員用の上着も冷たかったが、着替えて外に出ると低い日差しが目を突き刺すように照りつけてきた。秋が深まるにつれどんどん朝が来るのが遅くなり、太陽は低くなってゆく。僕は歩きながら腕をぐるりと回す。結城氏にも指摘されたことだがやや睡眠不足である。気合いを入れていないと必要な観察を怠ることになる。

楓ヶ丘動物園の猛禽館は入口のすぐ左側、ロッカールームのある管理棟からは最も遠い位置にあるため、僕は途中どうしても小走りになってしまう。水鳥の池の後ろを通ると、朝のハイテンションでガアガア鳴くカモたちの声が聞こえてきた。猛禽館のイヌワシやオジロワシなどももうとっくに目覚めている頃だろう。僕は手に慣れない鍵でバックヤードの扉を開け、それからまずは手ぶらで鳥たちのいるケージに入った。朝一番の仕事は、動物の様子を観察し、夜の間に何か異変が起こっていないかを確認することである。

猛禽館はアーケード状の通路の両側に高さ十メートルの巨大なフライングケージが四つ付属した施設で、「館」とは言っているが建造物としてはただの「屋根がついた通路」である。猛禽類というのは地上で生活する一部の種を除いて、もともと高いところに止まり、広々とした空間を飛び回る生活をしているから、このくらいの設備で飼わないとストレスがたまったり運動不足になったりして、飼う方も見る方も辛いのである。ただ、ケージが広くなればなるほど飼育の手間やお客さんからの見やすさといった点からは困ることになるのであり、予想通り、裏側の扉からケージに入った僕は、一番高い擬岩のてっぺんに止まって周囲を睥睨（へいげい）しているイヌワシのギンジ（オス・二十二歳）を十メートル下から目を凝らして観察することになった。高所作業用のキャットウォークも設置されているが、警戒心の強いギンジは職員がそこに上る気配を察知すると反対側に逃げてしまい、ますます遠ざかってしまうので仕方がないのである。同居しているオオワシのイサミ（オス・十八歳）はややフレンドリーであり、僕がお客さんの通路に面した表の方に出てくると、背の低い手前の擬岩に舞い下りてきた。首をかしげて「おや今日は違う奴が来た」とでも言いたげにこちらを見ているが、こちらも健康なようだ。

シフト上、週に二度は必ずどこかの代番があるし、プロの飼育員である以上「担当じゃないから自信ありません」などとは言えないのだが、代番の時に事故が発生するのはやはり怖い。とりあえず僕はほっとして、隣のケージに移動しようと踵を返した。

そこで、妙なものを見つけた。

いや、「妙なもの」と言うのは少々おかしい。僕が見つけたのは、足元に幾本かぱさぱさと落ちている鳥の羽根である。脚を覆う羽毛に一つ二つ、雨覆羽根が混じっている。色や形ではギンジのものかイサミのものか、はっきりとは分からなかったが、どちらかのものであることも分かる。

僕は立ち止まったままそれを見下ろし、自分が今、なぜ「妙だ」と感じたのかを検証していた。イヌワシとオオワシのケージに、イヌワシかオオワシの羽根が落ちているのはおかしいことではない。だが、落ち方に違和感がある。

種類を問わず、鳥の羽根というのは日常的にけっこう抜ける。本人たちは一向気にしていないのであるが、ギンジやイサミが定位置にしている擬岩の下はいつも羽根だらけで、完璧に掃除することは難しいくらいなのだ。だから、このくらいの羽根が落ちていることと自体は変ではない。だが、鳥類はケージ内に「自分の定位置」を決め、基本的にそこから動かないものであり、「よくいる場所」と「めったに行かない場所」が決まっているのが普通だ。だから、羽根やフンが落ちている場所もだいたい決まっている。僕の今立っているあたり、あるいはその上方は、二羽とも行動範囲には入っているが、何か特別なことがないと来ないような場所だった。少なくとも僕の記憶の中では、表のこのあたりに羽根が落ちていたことはない。

しゃがんで床に落ちた雨覆羽根を拾い上げる。どこかから飛ばされてきたのなら、もっと他の羽根やごみと絡まっていてもよさそうだ。ということは、この羽根はここで落ちたのだろうか。だとすると、鴇先生が掃除をした昨日から夜の間に限って、二羽のどちらか、あるいは両方が、普段来ないこのあたりに移動して羽根を落としていったということになる。

立ち上がり、妙だな、と思う。振り返るとイサミはまだこちらを見ていて、何やってんだ、と問うように首をくりん、とかしげてみせた⑽。

僕は再び奥にとって返し、ケージ内に異変がないかを確認することにした。

この仕事をしていると、「いつもと違う」ことに対して異様に敏感になる。ほんの些細なことであっても、いつもと違う何かを見つけたら、もう一度周囲をよく確認すべし、というマニュアルが頭の中の目立つところに貼ってあるのである。その些細な変化は何かの兆候かもしれず、放っておくとそのせいで動物の病気や発情、施設の破損といった重大事に気付かない結果になるかもしれないのだ。

水を張ってある池。崖を模して重ねられた擬岩。その間に生やされた木。一つ一つを確認しながら、僕の脳裏にはさっきから、一つの可能性が浮かんでいた。異変、と感じ

(10) 鳥が首をかしげるのは、目のついている位置関係上、そうしないと対象を立体視しにくいからだと考えられている。つまり「考え込む」のではなく「目を凝らす」に近い行為。

た瞬間、最初に浮かんだが、すぐに保留して脇にどけておいた、嫌な可能性だ。ギンジやイサミが自らあの位置に来ないというなら、あの二羽は誰かの手であそこまで持ってこられたのではないか。

僕の頭の中には服部君との会話が蘇る。——二階で焼け死んでいた男は自殺ではなく、誰かに殺された。だとしたら殺された男はただの身代わりで、殺した男こそが、鴇先生の本物のストーカーなのではないだろうか。

殺された男は未だに身元が分からないという。そのことが、これを裏付けているような気がする。殺された男の身元が分からないのは、もともとはっきりした身元がないか、追跡不能になっている人間——長年ホームレスをやっていた人とか、不法入国者とか、そういった人間ではないか。犯人はそいつを連れてきて、自分のかわりに「ストーカー」に仕立て上げて殺したのではないか。

だとすれば、真犯人は極めて冷酷な人間ということになる。そしてもっと恐ろしいことに、冷酷なくせに炎のような情念で鴇先生に執着している。そいつがまだ、楓ヶ丘動物園の周囲にいるとしたら。

頭上でイサミが、ケ、ケ、ケ、と鳴いた。

午前中、僕はずっと、普段の代番の時より緊張していた。羽根その他の異変については、ギンジとイサミのいるケージ以外では見つからなかったが、それは何もなかったということなのか、それともただ単に痕跡が残らなかっただけで他の猛禽たちも何かされているのか、痕跡はあるのに僕が気付かないだけなのか、何とも言えなかった。他の猛禽たちはもとより、ギンジもイサミも、朝の給餌ではいつも通りによく食べた。食事中は普段見づらい脚の指や口の中が観察できるので、僕は特に目を凝らして二羽を見ていたが、体のどこかに怪我があったり、どこかをかばったりする様子は二羽とも見せず、二羽は足で摑んだ馬肉を食いちぎり引きちぎり、僕がいつも感心する豪快さでうまそうに食べた。糞にも何か変なものが入っている様子はなかった。

慣れないとはいえ、いつもの業務開始時刻より二時間も早く来ていると、朝のミーティングの前に随分時間があった。僕はその時間を、猛禽館の設備に異変がないかを念入りに確認することで潰した。お客さんもおらず、雀が飛来しては去っていくだけの猛禽館にいると「孤独だなあ」と呟きたいような気持ちになったが、もともと広い広い縄張りの中で孤独に暮らす猛禽たちにとっては、この雰囲気が心地よいのかもしれなかった。そんなことを考えながら作業をしていると、じきに八時になってしまった。そこではじめて、午前中の仕事は猛禽館と並行してやらなければならないのだから、普段やっている担当動物の仕事の方は前倒しで終わらせておかなければならなかったのだ、と気付いて焦った。たまにやることである。

鴇先生は昼ごろに来るはずだったが、管理棟の飼育室でボリビアリスザルの赤ちゃんにミルクをやっていた僕は出勤後すぐ捉まえることができず、自分の昼食を終えた午後一時過ぎに猛禽館へ行ってみることにした。落ちていた羽根の件は、ストーカー云々を抜きにしても報告しておくべきことだった。

猛禽館の中を覗くと奥のケージの金網越しに、腰に携帯用スピーカーをつけて話をする鴇先生が見えた。十人ほどのお客さんに向かって担当動物の説明をするキーパーズトークの時間である。僕は邪魔にならないよう、そっと扉を開けて猛禽館に入り、入口ドア近くで止まって待つことにする。

——このオオワシは希少種に指定されており、生息数は全部で五千から六千羽程度に減少しています。日本には越冬のため北海道にやってくるのみで、主な生息域はロシア、カムチャツカ半島からサハリン北部です。外見的なイメージとは違い、猛禽類の中ではそれほど気性が荒くなく、縄張り意識も強くない方なので、先程紹介したイヌワシのギンジとも、うまく同居できているようです。

いつも思うことだが鴇先生のキーパーズトークはお客さんが妙に神妙に聞いていて、大学の偉い先生の記念講義のような雰囲気になる。あの人のキャラクターなのか話し方のせいなのか。うちの飼育員でも、例えば本郷さんなどは小噺の調子で喋ってほのぼのとしているのだが。

——これは鶏の頭です。動物園で仕入れているのは鶏肉にされたブロイラーのもので、そのままだと廃棄されるので、餌用に安く仕入れられます。オオワシはさきほど説明した英語名の通り、通常、魚を食べていますが[11]、鳥や哺乳類、さらにはその死骸も好んでよく食べます。食べる時はこのように。

先生が前を向いたまま斜め後方に鶏頭を放ると、さっと飛んできたイサミが、地面につくかつかないかのタイミングでそれをキャッチし着地した。お客さんの間からかすかに、おおう、という声が上がった。イサミは足で器用に鶏頭を押さえ、嘴で引きちぎっておいしそうに食べ始める。

――猛禽類はこのように、足の指を器用に使います。また、この足で生きて暴れる獲物を押さえるため、摑む力が非常に強くなっています。

入口近くのかなり離れたところから見ていた僕は、一瞬、あれ、と思った。お客さんの近くまで来てくれるイサミに対しこうして餌をやってみせるのはキーパーズトーク時の恒例なのだが、何か違和感を覚えた。鴇先生やイサミに、ではない。お客さんの中の誰かが、おかしな動きをした気がした。

離れた位置からお客さんの背中を一人一人、観察する。初老の夫婦とその孫らしき二人の幼児。カメラを構えた中年男性が二名。茶髪のカップル。ベビーカーを押した母親と、最前列でイサミを見上げるその子供らしき男の子。ブルゾンを羽織った中年の男性。

この男性だ、と思った。さっき先生が鶏頭を放った時、この人だけが何か違った。おかしな動きをした、というのではない。この人だけが動かなかったのだ。先生が鶏頭を放り、イサミが飛んできたのに、この人だけ動かなかった。つまり、皆がイサミの方を

(11) 英語名 Steller's sea eagle。

見るはずの瞬間に、この人だけ先生を見ていたのだ。

僕がお客さんたちの輪に向かって歩き出そうとしたところでキーパーズトークが終わり、お客さんたちはさっと散ってしまった。お客さんたちのばらばらの動きに引かれてあちこちに揺れる視線を落ち着かせ、問題の中年男性に照準を合わせる。だがその男性はこちらには来ず、むこう側の出口から出ていってしまった。僕は早足になり、カップルとベビーカーの間をカニ歩きですり抜けて後を追う。

だが、反対側の入口に辿り着いてドアを開けた時には、男性の姿はもうなかった。

後ろから声がした。「桃くん」

振り返る。餌の入っていたバットを持った鴇先生が、金網越しにこちらを見ている。

「ココ？　それともボリビアリスザルの」

「いえ。そっちは見る限り順調です」こちらはその二匹については、少し意識から飛んでいた。「鴇先生、今のお客さんですけど……」

僕は質問を途中で切り、出かけた言葉を舌で引き戻した。訊いてしまっていいのだろうか。真のストーカーがまだ生きているかもしれない、という話は、僕が服部君と話をして考えただけの想像でしかない。当然、先生はまだ知らない。わざわざ伝えて、余計な不安を与えるべきだろうか。さっきの男性にしたって、おかしいと感じたのは僕の考えすぎかもしれないのだ。たまたまあの瞬間、イサミの方を見ていなかっただけかもしれないし、ただ単に鴇先生のファンなのかもしれないのだ。

先生はちらりと後方を振り返り、まだ残っている、ベビーカーを押した女性とその子供を見た。

「知り合いの方とかいました？　さっきの中に」

「いいえ」先生は小さく首を振り、観察力を発動する時の表情になって眉をひそめた。

こちらの態度の方が疑問に思われているようだ。僕はちょっと、と言い置いて駆け足で猛禽館を出ると、職員用通路を回って裏口からケージの中に入り直した。お客さんと同じ通路から、金網越しにする話でもないような気がした。

先生は訝しげに眉をひそめたままこちらに来る。僕は擬岩の間から出て、通路に近い表の一角を指さした。

「今朝なんですけど、ここにギンジかイサミかの羽根がちょっと、多めに落ちていまして。……昨夜からありましたか？」

先生は僕が指さしたあたりの床を見る。習慣で掃除してしまったので羽根はもうないのだが、そのままにしておけばよかったかな、と少し後悔した。

「……さあ、気付かなかったけど」

「ギンジとかイサミって、最近このあたり来ました？」

「いいえ」先生は床から視線を上げた。「ただ、誰かが勝手に餌をやろうとして、ここから何か差し込んだのかもしれない」

動物は種類ごとに「食べていいもの」が厳密に決まっていて、勝手に餌をやられてしまうと塩分過多や肝機能障害、あるいは消化不良などを起こしてしまう。常識といってもいいことなのだが心得ないお客さんは未だに多く、動物園におけるトラブルで一番多いのもこれ関係である。だから、先生の推測はもっともだといえるのだが。

ケージを出ながら考えていた。飼育員は毎日、退勤前に担当動物のケージ内を観察して帰るのが日課になっているから、猛禽館のケージは昨日の閉園後にも、鴇先生がチェックしたはずだった。なのに先生は羽根が落ちていたことについて、僕から聞くまで知らないようだったのだ。とすると、あの羽根が落ちたのは先生が帰った後の夜中だということになりはしないだろうか。

ケージからキーパー通路に出て、なんとなく左右を見る。

誰かが見ているわけではない。だが僕の脳裏には、さっき見た中年男性の後姿が浮かんでいる。話しかければよかっただろうか。だが飼育員がお客さんに追いすがって何を訊くのか。あの時点ではどうしようもなかった。

その日は疲れていたので、ルーチンワークを終えてボリビアリスザルにミルクをやったら、あとはリスザル担当の菱川さんにお任せしてさっさと帰った。朝が早かったことがたたって仕事中に大欠伸(おおあくび)してしまったので、横で見ていた菱川さんに「おお疲れてんな。早く帰れ。明日もあるぞう」と背中をどやされたのだ。人工保育の授乳段階は一時も気が休まらないからあちらだって僕以上に疲れているはずなのだが、こういう時の担当者は何か宇宙的なパワーでも得たかのようにタフで、あるいはこれが父性とか母性とかいったものなのだろうかと思う。

バスと電車では予想通り寝入り、アパートに着いた時には視界の上半分に黒いもやがかかっているような状態だったが、そのままベッドに倒れて眠ってしまっては体調を崩す。それに、念のためしておくべきこともあった。

僕は寝転びたくなるのをこらえてベッドに座り、携帯で結城氏に電話をかけて今日のことを話した。

――やれやれ、しんどいな。

話を聞いた結城氏の第一声はそれだった。

「ケージ内の羽根と客の男性については、僕の気のせいかもしれません。ですが、一応お耳に入れておこうかと」

――ああ。そうしてくれて助かった。気のせいかもしれんけどな。

確かにそうだったが、警戒を促しておく必要はあった。一度は僕と結城氏もターゲットになったのだ。

「そちらではどうですか？　何か、変な人が来たとか、気になることは」

――さあな。今のところはないが。

結城氏は職場のホールか何かで話しているのか、声の合間から館内放送のような音声が聞こえてくる。声の感じからすると、それほど不安がっている様子はないようだ。

「先生自身がどう考えているかは分かりませんし、あの人に対してはまだ、事実を報告しただけです。もっとも、あの人なら気付く時は気付くかと思いますが」

——変な憶測を話すよりその方がいいだろうな。分かった。俺の方でも引き続き、佐恵子を探るようなやつが来ないかは見ててやるよ。

「お願いします」

電話の向こうで、結城氏がくく、と笑ったようだった。

「……どうしました？」

——いや。佐恵子も随分恵まれてるよ。

「……はあ？」

——あの歳の女のために元彼氏と現彼氏が共闘するってのは、どういう構図だ？　ありゃ、お姫様って柄じゃないだろう。

「……そういうのじゃないですよ。僕は」

外見だけ見れば、鴇先生はお姫様然として高いところに座っていてもそれほど違和感がないと思う。王宮の窮屈さと堅苦しい公務を嫌って現場に出てしまいそうではあるが。

話しながら、ふと思い当ったことがあったので、僕は電話機を持ち直した。

「それと、ついでに訊きますが、鴇先生って今、そっちに伺ってないですよね？」

——は？

「いえ。もしかしたら今日の退勤後、そちらに伺ったかもしれない、と思ったので」

――いや、来てないと思うぞ。なんでだ？

「いえ、ちょっと気になっただけですので」

僕は今日、定時にそれほど遅れずして退勤してきたのだが、ロッカールームを見て、先生が自分より早く退勤していたことに気付いたのだ。もともと皆がそう遅くまで残業するわけではないし、鳥類の担当者は朝が早い分、デスクワークその他は早目に片付けて帰るのが通例となっている。今日の鴇先生は午前中多摩に出張して午後は平常通り勤務、というばたばたしたスケジュールであり、疲れているのかもしれなかったから、そう考えれば変ではないのだが、珍しいことではあった。

だが、なんとなく気になっていた。暗闇でうす蒼く発光する何かのような、ぼんやりとした違和感が頭の中にある。猛禽館のキーパーズトークの後、先生と話した時の記憶が蘇ってくる。

今は状況が状況だ。なのに鴇先生は、お客さんに関する僕の不自然な質問に何も反応することなく聞き流し、不自然な場所に落ちている羽根についても「誰かが餌をやろうとしたのだろう」で済ませてしまった。常識的な回答ではあるから、普段ならそれでおかしいとは思わない。だがあんな事件があった直後であるし、鴇先生の性格にも合わない気がする。

だとすれば、と思ったのだ。鴇先生は、僕や結城氏の知らない何かを知っているのではないか。

だが、もしそうだとするなら、僕や結城氏に対して黙っている理由は何だろう。

僕は尻の位置をずらし、ベッドに座り直した。「……それと、あらためて伺いたいんですが」

——ん？　ああ、睡眠不足の話か。それなら……

「いえ、そうではなく」こんな危ない人に健康相談などするものか。「……鴇先生が退職した事情についてです。あれ、どういう理由だったんですか？」

おそらくはあまり答えたくない、あるいは思い出したくない事情だろう。だが結城氏がいいかげんな口調で話しているおかげで、こちらもなんとなく軽く訊くことができた。

——いや。大したことじゃないだろ。おたくの求人を見つけたってのもあっただろうし、まあ女ってのはヒステリー起こすと、後先考えずに辞めちまったりするからな。

「ですが……」

——男からしちゃ羨ましくもあるよな。男はそんな簡単に仕事辞められないぜ？　女は嫁に行きゃいいけど、男の場合はこの先の人生設計どうするつもりなんだ、って話になるからな。

「いえ、ですが」強く言って遮る。放っておくとずらずら嘆き節を続けそうである。「男とか女とか言う以前に、鴇先生がそういうことをするとは思えないんですけど」

——そうか？　あいつ、普段は落ち着いてても、ヒステリー起こすとわりと……

「キレると怖いのは知ってますけど」

そういえば以前、キレた鴇先生が暴力団員らしき二名をはっ倒したのを間近で見ている。だがそもそも「ヒステリー」の使い方が正確じゃないだろう。それに、僕の知っている鴇先生は、彼氏と喧嘩したくらいで仕事まで衝動的に辞めてしまうような人には見えないのだ。

「何か、はっきりした理由があったんじゃないですか？　たとえば、ですけど」電話機を握り直す。ずっと握っていたせいで、手汗で滑りやすくなっていた。「職場で何か、嫌がらせを受けていた、とかいうことはないですか？　あるいは、誰かに付きまとわれていたとか」

――つまり、君は今回のストーカーがうちの人間だと思ってるわけか？

いきなり言われた。この人のおっかない所だった。適当そうな口調で喋ってはいても、ちゃんと頭は働かせているのだ。

「いえ、そちらの周囲の誰かなら転職先も聞けるでしょうから、最近になって行動を起こす理由がありませんし」

だが僕は、あえて「周囲の」と付け加えた。職場が同じだったというだけで、すべての人間が先生の転職先を知りうるわけではないのだ。それに製薬会社の研究所なら、つきあいのある出入りの人間が相当数いるだろう。その中の誰かが鴇先生を見染めて、一方的につけまわしていた可能性もあるのだ。むしろ、先生が退職して何年も経ってから動き出した、ということを考えると、そちらの線の方が濃いように思える。退職の事実を知らなかったか、人づてに聞いて諦めていたところにダチョウ騒動の映像が流れ、それを見た犯人がまた動き出したのではないか。

「ただ……どうですか？　何か、トラブルのようなものを抱えていた様子は」

──あいつは何も言わなかったが。

当然だ、と思って続きを待つ。結城氏の方も、それを分かっているかのように続けた。

──ただ、俺が新しい勤め先を北斗から聞いた、と言ったら、嫌な顔をされたことがある。言いふらすな、と釘を刺されたよ。

「……なるほど」

一見、どうということのない会話にも見える。だがその裏に、何か切実なものがあったかもしれない。

「……ありがとうございます。こちらで、何かできることがないか考えてみます」

電話なのだが言いながらつい頭を下げてしまう。結城氏はまた、適当そうな口調に戻った。

──なんだか知らんが、寝不足っぽい声だな。不眠ならうちで動物実験中の抗不安剤があるから、こいつを酒と一緒に飲んでどのくらい眠っちまうか試してくれるとありがたいんだが。

「死んじゃうじゃないですか」顔見知りを使って人体実験をしないでいただきたい。

電話を切った後、僕は電話機を握ったままベッドに倒れ、しばらく考えていた。

……鴇先生は、何を知っているのだろう？

握った電話機をちょっと操作すれば、すぐさま先生に訊くことができる。一度はそう考えもしたが、結局できないまま、僕はそこで眠ってしまった。目覚めた時はしまったと思って背筋が冷えたが、風邪はひいていないようだった。

9

とにかく、僕の周囲でまだ何かが起こり続けているのは明らかなようだった。犯人がストーカーの罪を二階で焼け死んだ男になすりつけて殺したというなら、その後にさらに犯行を重ねたりしたら、せっかくの偽装がばれてしまう。そう考えれば、今後は僕たちが危険な目に遭うことはないのかもしれない。だが一方で、どうも犯人は未だに楓ヶ丘動物園の周囲をうろうろしているような雰囲気がある。油断はできなかった。

そんな状態のままで平常通りの勤務をするのは少々辛いものがあったが、仕事を休むわけにもいかないし、鴇先生の周囲は警戒しなければならない。僕は翌朝、なんとなく睡眠不足を抱えたまま出勤し、ロッカールームで頬を叩いて気合いを入れた。飼育員間ではほとんど標語のようになっている「確認・観察・笑顔」を頭の中で復唱すると、ほんのわずかにだが力が湧いた。栄養ドリンクの一本も飲んでくればよかったかと思うが、カフェインは一時的にしか効果がないし、いつもと違う口臭をさせて動物たちに顔を合わせる気もしない。

動物舎で担当動物の様子を確認し、すでに出勤していた菱川さんと一緒にボリビアリスザルの赤ちゃんの健康チェックをする。朝の給餌のため、普段より少し遅れて、担当動物の餌が置いてある第二調理室に入ると、奥の飼料飼育室で動くものがあった。覗いてみると、天井までの高さがあるラックに並べられた種々様々なケージの谷間に人影があった。爬虫類館担当の服部君である。無言で足音をたてずに動くため、仕事中の姿が若干不気味な服部君だが、今はなぜかじっと静止して、生餌用のマウス⑫のケージを見つめている。

「……何やってんの？」

動物園の飼料室ではマウスやラット⑬、それにミルワーム⑭やゴキブリといった動物たちを飼育・繁殖させている。栄養バランスや野生状態に近い食事をさせようと考えれば生餌はどうしても必要で、本音を言えば動物が生餌を獲るところをちゃんと展示したいのだが、忌避感が強い人も多いのでなかなかできない。

「……いえ、少々気になりましてね」服部君はマウスのケージから視線を動かさないままである。「カロリーヌとイザベラの姿がありません」

「名前つけてんの？」

無表情で本能以外には何もなさそうに見える虫系統ならまだしも、哺乳類であるマウスやラットなどはあまりじっと見ていると可愛くなってきてしまい、飼育員でも時折、しんどくなることがある。名前をつけてわざわざ感情移入するなど苦行者のやることだと思うのだが。

「……服部君、わりとドライにやってるもんだと思ってたけど」

「いえ、名前をつけたのは今です。そもそも個体識別ができませんので」

「なんだよ」

「少々、気になることがありましてね」

服部君はそこで言葉を切った。人間二名の沈黙の周囲を、ケージの中のマウスやラットがたてるがさがさがりがりという音が取り囲む。

「……このケージのマウスは、僕が昨夜、ヘビのために利用したのが最後だと思っていたのですが」服部君はケージを見る。ケージの中では十匹ほどのマウスがもぞもぞじたばたと走りまわったり、壁を登ろうとしたりしている。「先程見たら一、二匹減っているようでしてね。脱走ではない様子ですし、誰かが出したのだと思いますが」

(12) 実験用に改良されたハツカネズミのことで、小型のネズミ類一般を指す英語の mouse とは少し意味が違う。ちょろちょろして可愛い。
(13) 実験用に改良されたドブネズミのことで、大型のネズミ類一般を指す英語の rat とは少し意味が違う。ちょろちょろして可愛い。
(14) 飼料用として販売されているゴミムシダマシの幼虫。茶褐色または白の芋虫。もぞもぞのそのそして、よく見れば可愛いと言えなくもない。

「服部君が来る前に？　でも服部君、今日は一番じゃないの？」

「バードホールの葉月さんと、猛禽館の鴇先生はすでに出勤していましたが」

「使わないよね。ここのマウス」

バードホールには生餌のマウスを与える鳥はいない。猛禽館の猛禽には生餌を与えた方がよいものもいるが、手渡しの餌を食べない上、広く複雑なあのケージに放しても猛禽たちが捕まえるのは無理なので、マウスは与えていない。猛禽館の飼料は南側の第一調理室にあるが、そこにはマウスはいないはずだった。

服部君はケージの中に手を入れて、マウスの頭をちょんとつついた。「とすると、誰が使ったのでしょうね。勝手に持って帰った人間がいるのでしょうか」

僕は以前、楓ヶ丘動物園で起こった動物盗難事件を思い出していた。あの時もイリエワニやミニブタといった、連れていってどうするんだ、という動物がいなくなって困惑したのだ。

だが、今回は飼料用のマウスだ。これはさすがに意味がなさすぎるのではないか。朝一番の職員が出勤した後、この第二調理室はひと気がなくなるから、忍び込もうとすれば忍び込めるのだが。

頭に浮かんだのは鴇先生だった。

よくよく考えてみれば、事件以後の不審な事象はすべて鴇先生を中心に発生しているのだ。キーパーズトークを聞いていながら、一人だけずっとイサミではなく鴇先生を見ていた中年の男。猛禽館に落ちていた羽根。そのことを聞いても簡単に流してしまった鴇先生。そういえば「アフリカ草原ゾーン」でも、お客さんを舐めていたメイが突然そっぽを向いて離れていったことがあった。お客さんの彼氏の方は自分が嫌われたのだと思ってがっかりしていたが、樹の陰からメイが見ていたのは彼ではなかった。メイが見て避けたのは、直後に現れた鴇先生ではなかったか。

マウスたちはケージの中で、何も知りませんよ、という顔をしてじたばたし、一体何がにおうのか、鼻をひくひくさせて熱心にケージのにおいを嗅いでいる。服部君は引っぱり出した一匹を腕に乗せ、手で作った筒をくぐらせて遊んでいるが、そうしながらやはり何か、考え込んでいる様子である。

外でカラスの鳴き声がし、考え込んでいた僕は現実に引き戻された。キリンの、ダチョウの、グレービーシマウマの給餌がまだだ。キリンたちなどは今頃、(15)「今日は朝飯おせーな」と思いながら寝小屋の柵をべろべろ舐め、よだれをたらしているに違いないのだ。僕は調理室に戻り、ケースに入ったニンジンの山に向きあった。

だがその日には、二人組の奇妙な来客があった。

昼前、動物たちの寝小屋の掃除を終え、デッキブラシを外に干そうと思って裏口から出た僕は、見慣れない灰色のものが立っているのに出くわした。以前、楓ヶ丘動物園で

---

(15) キリンはわりと野放図によだれをたらす。

起こった動物盗難事件の時と同じような状況だったので、僕はさして驚かずに挨拶できた。

「お久しぶりです。都筑(つづき)さん」

動物盗難事件を担当していた、南署の都筑刑事だった。後ろにはひょろりと背が高く顔の間延びした、二足歩行の馬を思わせる刑事が立っている。

「ああ、覚えていていただけましたか」都筑刑事はぎょろりとした目をわずかに細めて笑みを作った。前の事件の時から思っていたが、この人はやはりカエルに似ている。

「桃本さん、お元気そうでなにより。……先日は大変だったそうですな」

「ええ、まあ……」答えながら内心で首をかしげる。この間の事件に関してのことなら、先日訪ねてきた、あの影のような二人組が担当しているのではないのか。それに都筑刑事は窃盗の担当のはずだ。なぜこの人が出張ってきたのだろう。

「ああ、いえいえ。私が伺ったのは、この間のこととは無関係でしてね」カエルに似ている割に鋭い都筑刑事は、例によってこちらの内心を見透かしたような調子でぱたぱた手を振った。

「無関係、と言いますと……」

「今、私らはちょっとした窃盗事件を担当しているのですが」都筑刑事はぎょろりと目を動かして僕を見上げるようにする。「それが動物園絡みなものでしてね。なんとなく気になったわけで、参考のためにこちらでもお話を伺おうかと」

「動物園絡み……」どうしてもオウム返しになってしまう。

「いえね。なんとも変な話なんですが」都筑刑事は首をかしげてみせ、長い指でかりかりと頭を掻いてみせる。「一週間ほど前なのですがね。隣の市の大山動物園、ご存じですよね？」

「大山？」当然、知っている。ダチョウ騒動の時、楓ヶ丘に代わってダチョウを引き取ってくれたところだ。「……ええ、もちろん」

「大山の所轄署によりますとね。あそこのダチョウ舎に侵入者があったっていう通報が入ったらしいんですわ」

「ダチョウ？」思わず声が大きくなった。「それって……」

都筑刑事はその僕の反応をしっかりと観察し、ゆっくりとひと呼吸置いてから言った。「まあ、侵入者があったというだけで、何かが盗られたりしているわけではなかったそうでしてね。それがここの事件とは違うところなのですが」都筑刑事は僕を見た。「ただね、以前おたくであった事件と似ているでしょう。しかもおたくでは今、またしてもとんでもない事件が起こって捜査中ときている」

「……今回のことは、楓ヶ丘動物園には関係がないかと思いますが」

横長と言っていいほどの丸顔で目が離れ、ぎょろりとしている都筑刑事の顔は強面とはとても言えない。だがこの顔に見つめられると妙な威圧感があった。視界に入っている限り、どこにどう逃げても舌でぴょろっと捕まえられてしまいそうな気がするのだ。

そのせいで僕は、そう言うのが精一杯だった。

しかし蛙刑事——もとい都筑刑事は頷いた。「ええもちろん、そうでしょう。ですがね、大山の方の署から、どうしても気になるから、と頼まれたので、こうして伺ってるわけなんです。……まあこの状況では、おたくの事件との関連性を疑わないというわけにはいきませんからなあ」

都筑刑事は一人で納得するような詠嘆調になった。

それから不意に、ぎょろりと僕を見上げる。「しかも桃本さん。大山動物園のダチョウといえばあなたですからね。あそこに新しいダチョウが入るきっかけを作ったのはあなただ」

「それはまあ、そうですが」この目が怖いのである。僕はつい目をそらし、うちのダチョウが走り回っているであろう放飼場の方を見る。「でも、あれはただの偶然ですよ。僕たちがあの場にいたのは本郷さんの応援でたまたま来ていただけですし、ダチョウが大山に行くことになったのも、たまたまうちのダチョウが満員だったせいで」

「そうですねえ。まあ、ダチョウがどこに引き取られるかは、飼育員の方なら予想がつくと思われますが」都筑刑事は意味ありげな調子で不気味に言う。「とにかく、どうです？　最近、身の回りに何かおかしなことなどありませんか」

「いえ、それは……」

今朝のことが浮かんだ。それと同時に、猛禽館の羽根のことも。

だが僕はとっさに口をつぐみ、都筑刑事から目をそらしていた。猛禽館の羽根のことと同時に、それを聞き流した鴇先生のことも浮かんだのだ。言ってしまって大丈夫なのだろうか、と思った。一度言ってしまえば、あとでどれだけ後悔しても取り返しがつかない。

「そうは言われましても」僕はリラックスするつもりで、腰に手を当てて溜め息を吐いた。「心当たりは何も。……大山の方だって、別に何か盗まれたわけじゃないんですよね？」

都筑刑事はさっきより無表情になって僕を見ていた。さすがに、何か言おうとして口をつぐんだことはばれているらしい。

その斜め後ろで、馬っぽい刑事の方も僕の顔を観察していることに気付いた。なんのことはない。どうやらこの二人は、なんだかんだ言って結局、僕の関与を疑っているらしい。

「……まあ、幸いなことにまだ、何も起こっていないそうですからね」都筑刑事は言い訳をするように言った。「あまり無理をしてまでお話を伺う段階ではなくて、まあ、気がついたので一応、といったところなのですが」

都筑刑事はジャケットの内ポケットを探った。「とりあえず、些細なことや不確実なことでもいいので、何かありましたらこちらに……」

「あ、お名刺は以前いただいたのがありますが」

「ほ。……ああ、そうですね」都筑刑事は出しかけた名刺入れをしまった。なぜかそうする間もこちらを見ていて、僕の反応を窺っているような気がした。「では、あちらにご連絡をいただけると助かります。お願いできますか」

「……分かりました」

僕がそう答えると、二人の刑事はお仕事中失礼いたしました、と形式的に言って去っていった。結局、馬刑事の方は名前も分からないままだった。

二人の刑事を見送る間、すでに僕の脳と心臓はざわついて発熱していた。大山動物園のダチョウ。侵入者。しかし盗まれた形跡はないという。うちの猛禽館と同じように。どういうことなのだろう。鴇先生のストーカーの件とどう関係があるのだろうか。正確なことは言っていなかったが、大山の方は一週間ほど前だという。つまり、僕たちが殺されかけるより前だ。それとも、鴇先生のストーカーとその犯人は別なのだろうか。今朝のマウスの件はどうだろう。

「だけど……」

つい口に出してしまう。そもそも、僕たちが殺されかけた時、二階の男は密室の中で死んでいたではないか。それならあの男を、第三者が殺害するなど不可能なはずなのだ。

「……いや、待てよ」

僕の脳裏に、ちらりと何かが横切った。

その何かは暗い森の奥の方に一瞬だけ垣間見えた鳥のようで、姿のはっきり分からない何かだった。僕は集中して、思考の奥に目をこらした。

……それまで鴇先生の個人的な事件だったはずなのに、あの殺人事件以後、急に楓ヶ丘動物園が関わってきている。鴇先生は何かを知っている。それなのに黙っている。僕にも結城氏にも。なぜだろう。犯人がまだ生きていることを知っているなら、同様に巻き込まれた僕や結城氏に教えてくれてもいいはずだ。結城氏のことは本気で嫌っているのが分かったが、それでも身の危険が迫っているのなら警告ぐらいはするだろう。それをしない理由は何だろう。それとも、しないのではなくてできないのだろうか。

風が吹き、寝小屋の戸ががたりと鳴った。

火災現場の密室。燃える二階。鍵のかかった窓。事件時のことをゆっくりと脳内で再生し、そこで不意に閃いた。

……あれは密室だった。だが、犯行可能な人間は一人だけ、いる。

僕はそう気付いたが、少し考えて、今の思いつきをひとまず無視することにした。振り払うのは無理だと分かっているがとりあえず措いておくことにしようと思った。考えついた自分が自分で嫌になるような思いつきであるし、確かめるのはもっと後でもいいはずだった。

それに、動機は依然として分からなかった。なぜ僕と鴇先生と結城氏なのか。

調べなければならない。とりあえず今日の退勤後、大山動物園で話を聞くことからだ。

僕は昼に管理棟から電話し、大山動物園のダチョウ担当者にアポイントを取ることにした。ぐずぐずしている暇はないかもしれない。今、僕の周囲で起こっている不審なことが、何かの前兆でないという保証は全くないのだ。

だがこの日の退勤後、大山動物園を訪ねた僕は、予想もしていなかった事実を知ることになった。

第四章　掌（て）の上の鳥たち

10

ダチョウ。ダチョウ目ダチョウ科ダチョウ属。キーウィ、ヒクイドリ、あるいは絶滅した巨鳥モアやエピオルニスといったものたちと同様、走鳥類（平胸類）と呼ばれる飛べない鳥の一種。現生鳥類では最大で、オスは体高二メートル、体重百キロを超す。サハラ以南のアフリカに生息。群れで行動し、繁殖期にはオス一頭とメス数頭からなる群れを作る。オス同士が喧嘩をしやすいため、動物園でも通常、この規模で飼育される。

走る速度は最高で時速七十キロに達し、キック力が非常に強いので本気で蹴飛ばされると肋骨が折れたり内臓破裂を起こしたりする。基本的に植物食であり、動物園では野菜中心に与えているが、時折頭の悪い個体がいて、餌籠の場所まで誘導してやらないと餌が見つけられないこともある。人に慣れやすく好奇心旺盛で、飼育員や来園者に対して羽根を広げて首を八の字に動かす求愛ダンスを踊ってみせる個体もいる一方、人が身につけている光る物や引っぱれそうな物をついばんで飲み込んでしまうことも多い。走る姿は非常に美しく、ふわふわの羽毛には飛びつきたくなるものがある。

この動物について知っていることはこれ以外にも山ほどあって、ダチョウについて語れと言われたら四単位分の講義ができるつもりである。動物園に就職し、もう何年もダチョウを担当しているのだ。ダチョウに関しては、少々の異変では驚かない自負がある。

それなのに今、僕は一羽のダチョウを前に、起こったことを整理できずに混乱している。いや、それだからこそ驚くはめになった、という言い方もできなくはないのだが。

担当者にアポイントを取り、大山動物園のダチョウ舎を退勤後に見せてもらった。侵入者とはどういうことなのか。どこにどういう異変があったのか。気付いた経緯は。それまで、おかしなことはなかったか。

警察——都筑刑事たちにもほぼ同じことを回答したからだろう。担当の安達さんは多少、訝るような表情を見せたものの、すらすらと答えてくれた。

だが質問の途中、「マラソン大会に参加していた例のダチョウ」のところに安達さんが案内してくれた時、僕は事態が予想外の方向に転がっていることを知った。

安達さんと喋っている人間がいる、ということで興味をひかれたのだろう。そのダチョウはひょい、ひょい、と首を動かしながら、「こやつは何者じゃ」という目で僕を観察している。

対する僕は彼の前に立ちすくみ、思わず呟いていた。

「お前は……」

「……先輩。ざっくりと直截（ちょくせつ）に、感想を述べよということでしたね」

右隣で服部君が言う。僕は頷いた。

「あの、桃さん、このダチョウさん、ちょっと……」左隣の七森さんも困惑気味にダチョウを見ている。

「……あの、このダチョウさんを見て思ったこと、そのまま言えばいいんですよね？」

「うん」

七森さんの方が先に言いそうなので、僕はそちらを見た。

「……このダチョウさん、縮んでませんか？」

そう言った七森さんは、僕の反応を見る前に手をぱたぱたやり、先の台詞に被せるように弁解した。「いえ、分かっています。ダチョウさんは伸び縮みするタイプの生きものじゃないです。だから私の気のせいだと思うんですけど」

「伸び縮み……」そう来たか、と思う。

「伸び縮みするっていうのはつまり、ミミズさんとか、アメーバさんとか、おなかいっぱいになったダニさんとか」七森さんは素早く例を並べた。動物に「さん」をつけるのはおそらく「ふれあいひろば」で子供たち相手に話をしていてついた癖なのだろう。

「でも、なんだかこのダチョウさんも、そのレベルで伸び縮みしているような気がするんですけど」

「同感ですね」服部君は両手で、空中にある仮定上の何かをまさぐる手つきをしている。「我々がマラソン大会の時に捕獲したダチョウはもう少し羽根の量が多く、両手をつっこんでがさがさしたい感じがしていました。このダチョウもなかなかですが、あの時の個体に比べると若干、手をつっこんだ時の快感が劣ると思われますね」

「ああ。……うん」

二人ともそれぞれの観点からの指摘だったが、発言の趣旨はおおむね一致しているようだ。「つまり、このダチョウは」

「マラソン大会で私たちが捕まえたダチョウさんではないと思います」

「我々が捕獲したダチョウより羽根の量の劣る別個体ではないかと」

僕はそれぞれに答えた二人に頷きかけ、それから斜め後ろにいた安達さんに言った。

「……という見解なんですが」

「はあ……」安達さんは細い目を、おそらくは彼にとっての精一杯だろうという幅まで開いた。「……やっぱり、そうですか」

都筑刑事たちの訪問を受け、退勤後に大山動物園のダチョウを見せてもらったのが昨日。僕が見たのは、マラソン大会のダチョウ騒動の時、鴇先生と七森さんと服部君と僕で捕獲した、そのあたりの農家から脱走してきたらしき普通のオスのダチョウ――の、はずだった。

だが、目の前でひょい、ひょい、と首を動かしているこのダチョウは何度見ても、あの個体とは微妙に違った。ケージに入れるまでの間、トラックの荷台でずっと組みついていたから分かるのだ。僕たちが捕らえた脱走ダチョウは、もう少し大きかった。

別の個体だ。そうとしか思えなかった僕は安達さんに頼み、翌日の今日、今度は服部君と七森さんを連れてきたのである。二人には前情報を一切与えず、「あの時に捕獲したダチョウを見てほしい」とだけ言ったのだが、それでなお反応がこれだった。僕と合わせて三人が同じ反応、となれば、もう疑いようがないだろう。

「念のため、確認しますが」眉をひそめてダチョウを見ている、担当の安達さんにもう一度問う。「新入りって、確かにこいつなんですよね？　人違い……とり違えとかではなく」

「なるほど、とり違えですか」こちらはあまり駄洒落を言ったつもりはなかったのだが、安達さんは頬を緩めた。「いえいえ。間違えようがありません。まだ検査がすべて終わっていないので、放飼場には一度も出していませんし」

「そうなりますと、これは……」僕はもう一度、前にいるダチョウを見る。ダチョウの方もこちらを観察して、何かつつけそうなものはないかと探っているようだ。「つまり、一週間ほど前、ここに侵入した人間は、何も盗らず傷つけず、僕たちが捕獲したダチョウをこいつにすり替えて逃げていったことになります」

僕は怪訝な顔をする左右の後輩二人に、都筑刑事から聞いた、大山動物園での事件を説明した。二人はそれぞれに考え込む顔になった。

「とにかく、確かなのは」僕は二人に言った。「犯人は、あの時僕たちが捕まえたダチョウをとにかく手に入れたかったっていうこと。それと、すり替えている以上、今回の件が事件になるのはどうしても避けたかったっていうこと」

「あの時のダチョウさんが、そんなに欲しかったんでしょうか」

七森さんが首をかしげると、服部君が横から言った。「欲しいだけなら、わざわざ身代わりを用意する必要はありませんね」

「そうなんだ。とりあえず……七森さん」

「はい」

「あの時のダチョウの羽根、持ってなかった？　もしまだ机のどこかに置いてあったら、それを貸してほしい。証拠として都筑さんに渡すから」

七森さんは頷いた。

それから安達さんを見る。「安達さん、ありがとうございました。そういうわけで……今度、警察の人が訪ねてくるかもしれませんが、よろしいでしょうか？」

「ええ、まあ……それはね」安達さんは頭を掻いている。「どういうことなんだろうねこれは」

「ちょっと、こちらで調べてみます」

隣の服部君はもう早、頭を巡らせている様子でぶつぶつ言っている。「……とりあえずは、あの時のダチョウが一体どこから出てきたのか、ですね」

安達さんに挨拶をしてダチョウ舎を離れる。

残された安達さんはダチョウをじっと見て、「お前、どこから来たの？」と話しかけていた。

いわゆる漫画喫茶にパソコンが導入され、インターネットカフェという概念が浸透し始めたのが二十一世紀初頭あたり。その後ネットカフェの店舗数は日本国内で爆発的に増加し、現在では優に千店舗を超えて総数がよく分からなくなっている。国道沿い、駅前の繁華街、郊外型ショッピングモールの一角。あらゆる場所の空き店舗が次々とネットカフェか携帯電話ショップに変わっていく光景はセイタカアワダチソウやブラックバスといった外来種の猛威を連想させ、当時の僕はいささかなりとも恐怖感を覚えたものだったが、増殖にブレーキがかかり、駅前にネットカフェと携帯電話ショップがあるのが普通、という状態に慣れてしまった今では何も感じなくなった。ネットカフェはその後、他店との差別化のためシャワールームやマッサージチェア、ダーツやビリヤード台、果ては特大スクリーンのあるシアタールームや温泉、ネイルサロンなどといったものまで備えるようになってしまい、もはやカフェなのか宿泊施設なのか遊戯施設なのか分からなくなっている。

とはいえ、そのおかげで便利になった部分もある。僕たちはマラソン大会時のダチョウがどこから来たのかを探るため、周辺地域の空撮写真をGoogle Earth[16]で確認することにしたのだが、駅前のネットカフェには三人で入れて二台のパソコンが同時に使える個室があったので、とりあえずそこに行ってみた。ネットカフェにいう「三人でもOK」は要するに小型乗用車における五人乗りと一緒で極めて窮屈であり、七森さんが小さくなければ巣立ち前の燕の巣なみにぎちぎちになっていただろうと思える状態だったが、とにかく端末が二つあり、別々に調べものができるのはありがたかった。

「ここのパソコンさんにはGoogle Earthさん、入ってませんね」

「落とすしかないね。遅いのは覚悟しよう」フリーソフトをさん付けで呼ぶ人は初めて見た。

「これって、勝手にやっちゃっていいんですか?」

「再起動すれば消えるから。七森さん、こういうとこは初めて?」

「学生の頃、一回だけ」[17]七森さんはなぜか、悪いことをしたのを白状するような調子で言った。「『ガラスの仮面』の最初の方がどうしてももう一回読みたくなって。……上京する時、実家に置いてきちゃったんですよ。だって当時でもう四十冊もあったんですよ？　引っ越す時、連れていけなくて」

「ああ、うん。分かる。……服部君、隣のブース覗いちゃだめだって」

「失礼。……なかなか面白い施設ですね。火事など起こしたら、さぞかしパニックになるでしょう」

服部君は初めて来たらしい。そういえば受付をする間も、そこらに備えであるスナック菓子やらブランケットやらをいじりまわしていた。

「迫りくる一酸化炭素ガス。塞がる通路……」

「服部さん、やめてください」七森さんがこちらを窺う。「……桃さん、大丈夫ですか？」

「うん。ありがとう」僕はこの前、そういう状況で殺されそうになったのだ。七森さんはそのあたりを心配してくれたらしいが、幸いなことに心的外傷は残っていない。

服部君はブースの壁から頭を出してフロア内を見回す。「そういえばシャワールームで硫化水素自殺をした人間がいて、客百数十名が避難するという騒ぎがありましたね。

(16)　全世界の衛星画像をスクロールさせながら見ることができるソフト。やり始めるとつい世界中を回り始めてしまい、仕事が止まる。

(17)　美内すずえ／白泉社。ちなみに月影先生はあの黒いドレスを何着も持っており、洋服ダンスの中に同じものがずらっと並んでいるらしい。（美内すずえ先生のオフィシャルサイトより）

あとは結核やインフルエンザなどの感染症が」

「分かったから」服部君の袖を引っぱる。「怖いことばっかり言ってないで座ってよ」

靴を脱いでビニールのシートに上がる個室なのだが、服部君はなぜか立ったまま壁に寄りかかり、週刊誌をぱらぱらめくっている。狭いのが嫌なようだ。

「Google Earth さん入れましたけど、この子だと少し荷が重そうですね」七森さんは画面を見ながら、置いてあったチラシでもう早、鳥らしき何かを折っている。よく見たらキーボードの横にはすでに、魚らしき折り紙が絶妙なバランスで立ててあった。いつの間に折った。

「ダチョウを飼うならそれなりの設備と広さが必要だから、そういう家を探そう」僕の方は先にダウンロードが済んでいる。スクロールさせてみたが、やはり画像が鮮明になるまでかなりの時間がかかるようだ。「速さはそんなに期待できないから、気長にやるけど……二人とも時間、大丈夫？　僕は明日、休みだけど」

「私もですよ」

「僕もそうです。休みは先輩に合わせて取っていますので」

「嘘？」

「冗談です。偶然ですよ」

皆が同じ間隔で休みを取るため、シフト制だと常に休みが一緒の人や、全く休みが重ならない人が出てきたりする。とりあえず、この場合はありがたいことである。

「休みでなくても、解決するか七天使のラッパが鳴るまで永遠に付き合います。こんな面白い事態ですし、それに」服部君は週刊誌をずらして僕を見下ろし、ぎらりと眼鏡を光らせた。「完全に解決するまでは、また先輩の窮地に立ち会える可能性がありますからね。参加しない手はありません」

「ああ……うん。ありがとう」礼を言いにくい言い方をする男だ。「とりあえず座ったら？　パソコンは二台しかないけど……」

「いえ、僕はここで雑誌を読ませていただきます」服部君は立ったまま、週刊誌のページをめくった。「とりあえず、ここにある雑誌の見出しをすべてチェックしましょう」

「見出し？」なんとなく持ってきたのかと思ったが、そうではないらしい。

「週刊誌などで詳しい記事が出ていれば、その中にダチョウの素性を推測したものがあるかもしれません。参考になるかと」

「なるほど」携帯電話の小さな画面で地図を見るより、そちらの方が効率的だろう。

「じゃ、頼むね。……座ったら？」

「まあ、それはそのうち」理由は分からないが、意地でも座る気はないらしい。

七森さんの方のパソコンもダウンロードが終わったらしく、彼女はカチカチとマウスを動かし始めた。「どの範囲で探しますか？」

「うーん、マラソンコースを起点として考えると……」

ドリンクバーから持ってきたお茶を飲みながら考える。ダチョウは時速四十キロ以上で一時間も走り続けることができるから、移動範囲は広い。仮にマラソン大会の開会式の時に上がった花火に驚いて逃げ出したのだとしても、まっすぐ走り続けたとしたら五、六十キロも移動してしまうことになる。だが、いくらなんでも一時間もまっすぐにずっと走り続けたというわけではないだろう。途中、大部分の時間は止まっていただろうし、行ったり戻ったりもしたはずだ。だが。

「……半径何キロ以内、って考えると、三十キロとかになっちゃうからなあ」それでは市全体がすっぽり入ってしまうことになる。「半径っていうより、どの道を走ってきたか、で考えよう。市街地をえんえん走ってきたわけじゃないはずだから、発見した場所から郊外に向かって走る道。それも、踏切とか大きな交差点をなるべく越えない道。その沿線だと思う」

「そうですね」

「それと、オスを一羽だけで飼うことはないと思う。オスを飼っているっていうことは、数羽以上のメスをまとめて飼える広さのある場所のはず。ちょっと縮尺を小さくして探そう」

「了解です」七森さんは頷き、マウスを操作し始めた。

とはいえ、マラソンコースとなっていた県庁付近から郊外に出る道は国道・県道合わせて五、六本あり、それぞれが細かく枝分かれしている。市街地のごちゃごちゃしたところでダチョウを飼うのは無理だから、そのあたりはパスできる。だが、もともといたのがどの程度の規模の施設なのか分からない上に、そもそもマラソンコースにどこから乱入してきたのかも分からない以上、捜索範囲がはっきりしないのだ。僕と七森さんは無言で画面を見続け、後ろでは雑誌を取り替えに（一度に何冊か持ってきてもいいと思うのだが）出ていったり入ってきたりする服部君がごそごそと動く、という、奇妙に静かな時間がかなり続いた。

パソコンの画面をスクロールさせてものを探す、ということをやっていると、どうしても言葉少なになる。僕と七森さんはほとんど言葉を交わさずに作業を続けた。マウスをいじっている時間より画像が表示されるのを待つ時間の方がはるかに長いので手持ち無沙汰なのだが、その手持ち無沙汰が細切れなので一息つくこともできない。ロスの多い中途半端な時間を過ごさざるを得なかった。七森さんは膝の上に何か載せていたいのか、ブランケットを抱いたりクッションを丸めてみたり、もぞもぞと色々やっていたが、壁に引っかけてあるケースに大量のチラシが入っていたため、手の方は退屈しなかったらしい。一方の服部君はフラミンゴのごとくずっと立ったままで、時折飲み物を取り替えながらひたすら雑誌をめくっていた。

「……桃さん、おなか減りませんか？　ここ、パスタとか頼めますよ」

「頼もうかな。少し休憩しよう。……あと七森さん、なんだか周囲が動物の森になってるんだけど」

「えっ？」

七森さんは自分の周囲を見回す。座る彼女のまわりにはチラシで折られた猫やら鶴やらティラノサウルスやらがびっしりと林立していて、なんだか「小人たちに捕らえられたガリバーの図」のようになっている。本人は気付かないままひたすら折り続けていたらしい。

「すいませんっ。つい、癖で」七森さんは林立する折り紙たちをかき集めた。

「いや、いいんだけど」僕は壁際の服部君を振り返った。「服部君、ちょっと休憩にして……いいかげん座らない?」

服部君は雑誌から顔を上げ、デスクの上のカップを取った。「そうですね」

「よく立ったままでいられるね。……あと、今取ったカップに入ってるの何? ホットコーヒーにしては妙に冷めてるような」

「ホットコーヒーですよ。ロックの」

そういえば、自動販売機のコーヒーが熱すぎるからと言って氷を入れる男だった。

「どうですか。ダチョウを飼っている農家らしきものは」

「まだ、どうにも」僕は肩をすくめて七森さんを見る。七森さんも、山盛りの折り紙を隅に集めながら首を振った。あんなに大量に折ってどうするつもりなんだろう。

「それでしたら、少し参考になる情報を差し上げましょうか」服部君はだいぶ前に持ってきたきり、隅の方に置きっぱなしになっていた一冊の週刊誌を取った。「これに、ダチョウ騒動の記事が載っていましたよ」

「えっ」

　思わず腰を浮かせかけ、同時に反応した七森さんと肩がぶつかる。

「この雑誌に、一ページだけですが記事がありました。『県民マラソンにダチョウ乱入の謎』だそうです」服部君は開いた誌面を手の甲でぽん、と叩いた。「これによると、ダチョウがマラソンコースに乱入したのはゴール地点近くの交差点で、どうやら県道二十号線を、郊外からこちらに向けて走ってきたようですね。もっとも、それ以前の経路は不明だそうですが」

「ちょっ、……見せて」

　僕は雑誌を奪い取って広げた。横から身を乗り出して誌面を覗き込んだ七森さんは僕より早く記事の主要部分を見つけたようで、自分の前のパソコンに向かってマウスを動かし始めた。

　記事を読むと確かに、ダチョウが最初に出現した地点が地図付きで載っていた。つまり、この地点から郊外に向かう県道二十号線と、そこから枝分かれする道沿いを探せばいいことになる。

「よしっ。服部君グッジョブ」ガッツポーズをしてパソコンに向かう。

「いえ、だいぶ前に見つけていたのですがね」

「えっ、じゃあすぐに言ってくれればよかったのに」

「いいえ、先輩が頭を悩ませているところをもう少し眺めてからでも遅くはないかと思いまして」

「何だよそれ」頼りになるのかならないのか分からない味方である。

だがとにかく、どこを探せばよいのか皆目見当つかず、という状態は脱したわけだ。

僕は画面に見入ってマウスを動かしていた。空腹も忘れていた。

「いかがですか」服部君はようやく床に膝をつき、僕の肩越しに画面を覗き込んだ。

「これなら絞れる。いけそうだ」画面をスクロールさせていく。「七森さん、この『末広』って交差点から先も二十号線沿線の方、見てる？」

「はい」七森さんは画面を凝視している。「桃さん、末広交差点を右折してもらえますか？」

「了解」

画面をスクロールさせ、表示がはっきりするのを待って移動する。県道二十号線沿いは市街地から郊外に向かうとわりとすぐに山林が現れるが、もともと畜産が盛んな地域ではない。ダチョウを飼えるような、柵に囲まれた広い敷地はなかった。市境をまたいだところで諦め、交差点に戻って別の道沿いを表示していく。

だが、十数分かけてすべての道を探してみても、ダチョウを飼育しているらしき敷地はなかった。

マウスを離す。「……七森さん、そっちはどう？」

七森さんは自分の担当地域をすでに見終わっているらしく、手の中でマウスのケーブルを折り畳んでいた。「……なかったです」

唸るしかない。「記事の情報が間違っていたか、それとももっと、ずっと遠くから走ってきたか……」

「もっと、五十キロくらい先まで見てみましょうか？」

「うーん……そんな距離を走ってこれたとは思えないな。野生でも、必要がなければなかなかそこまでは走らないだろうし……」

一時間で数十キロ走れる、というのは「全力を出せば理論的に可能」というだけの話でしかない。動物というのは基本的に、必要に迫られなければ全力など出さないものだ。現に以前、伊那市の牧場からダチョウが脱走した事案では、脱走から二十時間も経っているのに、牧場から一キロ程度の場所で捕獲されている。

「輸送中の車から逃げたとか、どうですか？」

「考えられるけど、その場合は他のダチョウもどこかで騒ぎを起こしてるんじゃないかな。一羽だけ運ぶとか、一羽だけ脱走するっていうのはあんまり……」

それに輸送中の車から逃げたのなら、さすがに「あの車ではないか」とばれるのではないだろうか。そんな車は目立つに決まっているし、到着時にダチョウが減っていたら、関係者の誰かが気付く。

僕はなんとなく俯いて考えこんでしまう。七森さんは唸りながらチラシを取り、何やら鳥らしきものを折り始めた。

「他の動物園さんから逃げ出したっていう話は聞かないですよね」

「どこかの家がペットで飼ってたとしても、屋内じゃ飼わないだろうし」

「野生化して林の中に住んでたとか……」

「それなら目撃情報があるだろうしね。……それと七森さん、その伝票は出る時に見せるから、折らない方がいいと思う」

「あっ、すいません」

「ちなみにそれ何？」

「……ニホンキジです。コウライキジさんとの交雑が進んでしまう前の」

「……ああ。純粋なニホンキジってもう、遺伝子汚染⑱で絶滅してるだろうね」

暗い気分になる折り紙だ。

七森さんはパソコンの画面を確かめるように見て、それからこちらを見た。「でも、飼っている家がどこにもないってことは……」

「……どういうことだろうね」こちらにも見当がつかない。「ダチョウが地面から生えてくるわけはないはずだけど」

「いえ、分かりませんよ」いきなり服部君が、僕の肩越しに囁いた。「かのアリストテレスですら、生物は何もない所から発生すると言っています。あのダチョウは落ちた木の実から変化したものかもしれません」

「二十一世紀だよ今は」僕は体を反転させて逃げた。「それと、顔が近い」

「失礼」服部君は眼鏡をぐい、と押し、立ち上がった。「だとすれば、考えられる可能性は一つしかありませんね」

「一つ……？」

「付近にきちんとしたダチョウの飼育施設はない。輸送中でもすでに野生化した個体でもない」服部君は僕と七森さんを交互に見下ろす。「つまり脱走したダチョウは、どこかの屋内か地下でこっそりと飼われている、ということです」

「……こっそりと、ですか？」七森さんはきょとんとして、折りかけたカブトを押さえている。

「理由は分かりませんが」服部君はパソコンの画面を指さした。「県道二十号線沿いに、屋外でダチョウを飼育しているような場所がなかったからといって、その地域にダチョウが一羽もいないとは言いきれないでしょう」

「……つまり、広い建物内でこっそりと飼っているってこと？」

確かに、考えられるのはそれしかない。

だが、僕にはまるで見当がつかなかった。一体どんな事情がある人間が、ダチョウを

(18) 人間が持ち込んだ動物が、その地域に元からいた動物と交雑しまくって雑種ばかりになってしまうこと。これが進むと事実上、元からいた動物が絶滅してしまうことになる。ペットとして飼われていたものが周辺に住んでいる近縁種と交雑したりするケースもあるので、飼っていた動物を勝手に「野に帰す」のはやめましょう。

こっそり飼おうと考えるのだろう。捕獲したあのダチョウは動きにしろ毛並みにしろ、異常なところはなかった。つまり、飼い主はある程度栄養面などに気を配り、本気で飼っているということになるはずなのだ。

そして、そうなると困ることになる。僕はパソコンの画面を見て、また唸った。

「……だとすると、Google Earthじゃ確かめようがないな。大きめの建物っていうだけじゃ、普通の倉庫とか工場とかと区別がつかない」

「県道二十号線を起点に道路沿いの建物を当たっていけば、そうでもないでしょう。該当する建物が無数にあるというほどではないはずでは」

「……む。確かに」僕はマウスを取り、ダチョウが現れた交差点まで画面をスクロールさせた。「一羽きりで飼われてたわけじゃないと仮定すれば、やっぱり広い建物だね。ダチョウはにおいはしないけど、走りまわったりはするし、こっそり飼うとしても、ある程度密閉性のある建物じゃないとだめだ。それに、すぐ近くに民家があるようなところより、周囲が少し空いているような場所……」

画面をゆっくりスクロールさせる。「……絞れなくはないけど、でも何十ヶ所もありそうだよ。一軒一軒訪ねるわけには……」

「それには及びませんよ」服部君は眼鏡をぎらりと光らせた。「ダチョウを飼っているかどうかを確かめるだけなら、中が見えなくとも、建物に接近するだけで可能です。……服部家の切り札を使えば」

「……切り札？」

「切り札です。名前はディオゲネス」服部君はふふ、と笑った。「明日、時間をいただきましょうか。まずは、例のダチョウがどこから来たのかを確かめましょう」

11

翌日の午後、僕は犬まみれになっていた。

いや、相手は一頭だから「まみれ」というのはおかしいのだが、手と口と耳をでろでろになるまで舐めまわされ、肩によじ登られ、果ては後頭部にしがみつかれて激しく腰を振られている今の状況はやはり「犬まみれ」と言うべきだと思う。犬の方は後頭部から振り落としても全く諦めず、ぶは、ぶは、ぶは、と荒く息をしながら、膝をついた僕の背中をがりがりがりとよじ登ってはずり下がり、よじ登ってはずり下がり、リードを捩れさせながらその場でぐるぐるぐるぐるぐると高速回転してよろけ、かと思うとジャンプして顔を舐めてきたりとめまぐるしい。たぶん自分でも自分が今、何をしているのかよく分かっていないだろう。

「なんとなく予想はしていたことですが」飼い主である服部君は落ち着いて観察している。「先輩、気に入られましたね。ここまで荒れ狂うのは珍しいことです」

昔から動物に舐めまわされることは多かったが。「……こいつがディオゲネス？」

「そうです」服部君は僕の顔面によじ登ってしがみつこうとするディオゲネスのリードをぐい、と強く引いた。

突然首根っこを引っぱられたディオゲネスは猫のように回転して着地し、軽業師のように跳ねて再び僕の肩にしがみついた。小型犬ならいいのだが、こいつはかなり体重があるのでこちらもふらついてしまう。

七森さんが横から手を伸ばし、僕の頭にしがみついて登ろうとするディオゲネスの耳をふにふにと撫でた。「ディオゲネスさんの犬種は何ですか?」

「雑種です。ボクサーとエアデール・テリアの雑種に何かが交ざっているらしいのですが」

「その『何か』が気になる」

口の横の肉のたれ下がり具合やぺたりと伏せた耳などを見るとなるほどと思わないでもないが、どちらも割と落ち着いた性格の犬種だったはずである。

僕は諦めて、後ろ足で僕の鼻を蹴ってでも頭によじ登ろうとするディオゲネスを持ち上げ、肩車した。「これでどうだ。少し落ち着きなさい」

「やってしまいましたね。一度乗せてしまうと、しがみついて絶対に降りなくなりますよ」服部君は不気味なことを言った。「しかも不思議なことに、どんどん重く感じられるようになってきます。最後には押し潰されるのだとか」

「子泣き爺じゃないんだから」しかし確かに、肩の上に乗ったディオゲネスは「もう絶対離さん」と言わんばかりにがっちりと僕の頭にしがみついている。中型犬のサイズがあるので、こちらは軽々というわけにはいかないのだが。

「……役に立つんだろうね？　こいつ」

「犬の平均値を十とするならば、ディオゲネスの嗅覚は二十五以上です。知能の方も十二か十三はありますよ」服部君は眼鏡をぎらりと光らせた。「品性は〇・八といったところです」

「鼻がいいんですね。えらいなあ」七森さんはにこにこしながら、背伸びをしてディオゲネスを撫でる。品性の数値にも何か反応してほしい。

「ちなみに先輩、肩車をしていると徐々に興奮して腰を振るようになりますが、一緒に振り回されて転ばないように気をつけてください」

「……了解」

ひょう、と冷たい風が吹き、路上の埃が舞い上がる。僕はディオゲネスの顎越しに真上を見上げた。ここのところ半月以上も雨が降っておらず、今日もこの青空である。考えてみればマラソン大会の日から一度も雨が降っていないわけで、当時のダチョウ臭が雨で流されずにまだ残存している可能性もある。追跡には好都合かもしれなかった。

雑誌記事から特定された県道二十号線沿いには、中でダチョウを複数飼育していてもおかしくない建物が十数ヶ所確認できた。「このダチョウはおたくのですか」と一軒一軒訪ね歩くわけにもいかないのでどうしようかと思ったが、服部君には秘策があるとのことだった。それがこの、今僕の頭上ではあはあいいながら腰を振り、首筋にはっきり表記すべきでないものを叩きつけているディオゲネスである。

午後一時に職場付近の駅で集合した時、服部君は手まわしよく、午前中に楓ヶ丘動物園に寄ってディオゲネスにダチョウのにおいを嗅がせ、記憶させてきていた。中を覗いたりすることができなくても、ダチョウがいるかどうかはにおいで分かるというわけだ。うまい具合にダチョウを飼っているらしき建物を見つけたとして、そこからどうするかはまだ決めていない。正面から訪問してみるか。窓があれば覗いてみるか。ただ、大山動物園のダチョウが別個体にすり替えられていたことと、すり替えられたダチョウがその場所にいたものであることが分かれば、あとは警察に通報したっていいのだ。都筑刑事なら話を聞いてくれるだろう。

僕は駅近くのコインパーキングに二人を案内した。僕は電車とバス、七森さんはバイク通勤なので自家用車は持っていない。服部君が何で通勤しているのかはそういえば誰も知らないが、仮に車を持っていたとしても出せとは言えない。もしかしたら人様の敷地に勝手に入ったりすることになるかもしれないのだ。足がつくようなことはできないわけで、午前中にレンタカーを借りていた。

「で、服部君」運転席のドアを開けたところで気付いた。「このディオゲネス、どうやったら降りるの?」

「空腹を感じれば降ります。あるいは、眠り始めたら降ろせるかと」

「肩車されたまま寝るのか」僕の後頭部には、まだ荒い息遣いが伝わってくる。「乗せてたら運転できないんだけど。こらディオゲネス。降りろ」

「あ、乱暴に扱うと喜んでしまいますよ」

「変態じゃないか」

「当然です。僕の犬ですよ？」

「そんな堂々と言われても」

「どうしてもすぐ降ろしたい場合はこうして」服部君は七森さんを押して僕の横に立たせた。すると、ひょい、と肩が軽くなった。「隣に人を置けば自然と移ります」

かわりに隣の七森さんから悲鳴があがる。「重いですねこの子」

「……変な犬だ」なんかそういう寄生虫がいたな、と思い出す。

「前の飼い主にずっと無視されていたようでしてね」服部君はさっさと助手席に回っている。「それが肩に乗った時だけひどく怒ってもらえたということで、味をしめたようです」

「……ほんとに頼りになるんだろうね、こいつ」

それにしても天国の哲学者ディオゲネスが聞いたらどんな顔をするやら。名前はもう少しなんとかならなかったのだろうか。

後部座席に乗ろうとしていた七森さんが、困惑して言った。「あの、私これじゃ乗れないんですけど……」

七森さんの頭にしがみついて降りようとしないディオゲネスに「肩に前足を載せて抱っこする」という線で妥協してもらうまで数分かかった。

が、県道二十号線沿いに移動し、チェックしていた最初の建物の敷地前で車を停めると、ディオゲネスは俄然、本領を発揮し始めた。服部君の命令を聞くや否や開きかけのドアから飛び出し、鼻を擦りつけんばかりの勢いで地面を嗅ぐ。そうなるともう周囲は見えないようで、地面に伏せてにおいを嗅ぎながら、壊れたラジコンカーのように変な軌道でふらふらと建物に近付いていってしまう。おいおい大丈夫かと思ったが、服部君の方は心得ているらしく、降りる前にすでに伸縮リードに付け替えていた。

僕は車を降りながら、なるほどこの犬の本性はこちらかと感嘆したのだが、ディオゲネスはしばらく嗅ぎ回ると、急にふい、と顔を上げ、こちらに突進してきて僕の脚にしがみついた。

「ええと……これは、どういうこと？」さっきまで静かだったのに、またアホっぽい顔に戻ってぜえはあぜえはあと舌を出している。

「外れのようですね。ここにはダチョウのにおいはありません」服部君は僕の背中をよじ登ろうとするディオゲネスの背をがしがしと撫でた。「次です。……ですから先輩。肩に乗せてしまうと降りなくなるのですが」

そうだった、と気付いた時には、ディオゲネスはすでに僕の後頭部にしがみつき、肩車の体勢になってしまっていた。再び七森さんに移し、肩から降りてもらうまでに数分かかった。

周囲に民家のない倉庫、用途不明の小屋、廃屋や使われていないプレハブ。郊外になると、狭い範囲であってもチェックすべき建物は多い。同じ道を行ったり戻ったりする上、目標が山の中の小屋だったりするので場所が分かりにくく、一時間走り回っても当初想定した半分くらいの数しか確認することができなかった。

だが、僕が「こんなことなら午前中集合にすればよかった」と思い始めた時、ディオゲネスが突然反応した。

県道から、急坂になっている細い道を入ったところにある倉庫だった。敷地はフェンスに囲まれていたが、だだっ広いわりにどこの誰がどういう用途で所有している土地なのか分からず、その隅にある倉庫そのものも同様だった。面している道が細く、路上駐車がはばかられたが、他の車が来たらさっと移動するつもりで入口前に停めた。だが、後部座席で七森さんにひっついていたディオゲネスはその時点で外を気にし始め、ドアを開けるとぱっと飛び降りて、足元の土を嗅ぎ始めた。

「当たりかもしれませんね」その変化に一番早く気付いた服部君が、リードを持つ七森さんに続いて素早く助手席から降りる。

運転席の僕が遅れて降りた時には、ディオゲネスは地面を嗅ぎながら、三、四十メートルほど先にある倉庫の方に一直線に向かっていた。追いついて駆け寄ると、ディオゲネスは地面を嗅ぎ、倉庫の方を見てから服部君を見上げる、という動作を繰り返している。

「Σταμάτα（スタマータ）！」

服部君が声をかけると、ディオゲネスは元の顔に戻り、また僕によじ登ろうとしてきた。だが、ぜえぜえはあはあと舌を出しながらも、時折何か報酬を期待する目で服部君を振り返っている。これまでとは何か様子が違った。

「Καλό（カロ）、ディオゲネス！」

「何語？」

「ギリシア語です。本当は古典ギリシア語にすべきなのですが、元ネタの用いていた方言が分からないので」服部君はディオゲネスの背を荒っぽく撫でた。「どうやら、ここのようですね」

まさかそのためにわざわざギリシア語を勉強したのか、と驚愕したが、服部君は変人である。

ディオゲネスの視線の先にある倉庫は十×五メートル程度の平屋で、それほど大きくはないものである。特殊な外装がなされているわけではなく、外見的には何の変哲もない、古びた廃屋に見えた。長い間風雨にさらされてきたであろうトタンの壁と三角屋根はそれぞれにくすんで錆び、緑色の扉も四隅の塗装が剥げ落ちている。一見すると放置されているようにしか見えないが、それゆえにかえって警戒心が刺激された。中でダチョウを飼っているなら、何の表示も出さないままというのは妙だ。

横で七森さんが囁くのが聞こえた。「……どうします？」

　びゅう、と風が吹き、砂埃が足元に舞い上がる。

　このまま突っ立って見ていても仕方がない。だが、このまま引き返すわけにもいかない。僕はとりあえず、一旦車に戻り、後部座席のドアを開けた。「とりあえず、車に戻って」

　ドアを開けて待っている僕とその脚にしがみついて腰を振っているディオゲネスを見て、七森さんと服部君も戻ってきた。二人がそれぞれに乗りこもうとするのを見計らって言う。「服部君、ディオゲネスと一緒に後ろに座って、誰か来ないか見ててくれないかな。七森さんは運転席で待っててもらってていい？」

「え、でも」

「先輩はどうするつもりですか」

「何か雰囲気が普通じゃない」僕は後部座席に置いてあった自分のバッグから、デジカメを出してポケットにしまった。「どういう状況なのか確認したいから、さっと行ってちょっと中、覗かせてもらうよ。入れなければ窓から覗いて、中の写真が撮れそうだったら撮ってみる。まあ、誰かに見つかっても『空き屋だと思いました』でなんとかなるだろうし」

　それを聞くと、服部君はディオゲネスを抱えて後部座席に座ったが、七森さんはぱっと立ち上がって降りてきた。

「七森さん」

「私も行きます」

真正面から見上げられ、こちらは少々のけぞる。「いや、いいよ。見つかったら怒られることだし、もしかしたら」

七森さんは言おうとする僕を遮った。「危ないかもしれないじゃないですか。私も行きます」

「それなら尚更来ない方がいいんじゃ」

「嫌です。桃さん、また何かあったらどうするんですか」

「でも」

「嫌ですから」七森さんは僕の袖を摑んで俯いた。小さな声で言う。「……この前だって、本気で怖かったんですよ。電話はつながらないし、来る間、何かあったらどうしようって、ずっと。……無事だって分かってほっとしたのに、また……」

震える声で言い、車内の服部君を指さす。「また服部さんと二人で待ってろって言うんですか？　横から怖いこと言われながら！」

そういえばそうだ。車内を見ると、僕の視線に気付いた服部君は自信に満ちた顔で片手を上げてみせた。確かに彼は、絶対にまた色々言う。

「ごめん。そうだったね」七森さんの肩を叩く。「一緒に行こう。誰かがいてやばい状況になったら、興味本位で覗きにきた馬鹿なカップルになるってことでいい？」

「はい」

七森さんは目元を拭って顔を上げると、もう笑顔になっていた。

「それじゃ服部さん、何かあったら携帯に連絡しますね」

「了解です。無人だとは思いますが、この道の入口のところに白いワゴンが停まっていましたので、念のため気をつけてください」運転席に移動した服部君がドアから身を乗り出して言い、それに反応して飛び出そうとするディオゲネスの首根っこを摑んで拘束した。「お二人でゆっくりと、堂々と口にするのがはばかられるような行為をしてきて結構ですので」

「えっ？　いえ」

「僕は建造物侵入のことを言ったのですが」服部君は眼鏡を押した。「それ以外に一体何をしてくるつもりだったのですか」

今の言い方は絶対にわざとだよな、と思うが、とにかく下を向いてしまった七森さんにかわって言う。「任せた。運転席にいて、他の車が来てすれ違えなそうだったら移動させてくれる？」

「承知しました」服部君は分析する目つきで倉庫を見据えた。「建物の中に足を踏み入れた瞬間にギロチン・吊り天井等が落ちてくる可能性や、突然床が抜けて落ちた先が針山である可能性もありますが、せいぜいお気をつけて」

「怖いよ」

服部君がディオゲネスを押しのけて座り直したのを見届けて、敷地の中に入る。隣の七森さんは僕をちらりと見上げると、ひょい、と腕を絡めてきた。随分と自然な様子だったが、そういえば以前、似たやり方で職場に侵入したことがあった。

「ゆっくり行こう」

彼女に頷きかけ、ここそこした態度にならないように気をつけながら歩く。冷たい風が砂埃を舞い上げ、七森さんは目を細めてくっついてきた。

実際のところ、僕一人で行くよりも彼女と一緒の方が絶対に安全だった。倉庫内かその周辺にここの人間がいて見つかってしまった場合、見知らぬ男一人よりは、カップルの方がはるかに警戒されないだろう。

「一つ、気になってたんですけど」歩きながら、七森さんは真面目な顔で口を開いた。「鴇先生にはこのこと、言わなかったんですか？」

「ああ……」

どう答えたものか、と思ったが、確かにそこは気になるところなのだろう。

「手を煩わせる必要はないし、言えば反対されるに決まってる」

前を向いてそう言ったが、それだけでは彼女が納得しないだろうと分かっていたので、言葉を選びながら続けた。「それに、どうもあの人、事件について何か知ってることがあるのに黙っているような気がするんだ。だから……」

だからどうなのだろう、と思う。黙っているということは、僕たちに知られたくないことがあるということなのではないか。それを勝手に嗅ぎ回ってしまっていいのか、と問われると、顔を上げて答えられる自信がない。

「要するに、桃さんは」七森さんは前を見たまま、絡ませた腕に少し力を込めた。「鴇先生のことが心配なんですよね」

「……あんまり、他人を頼る人じゃないから」

七森さんは僕の目を覗き込むように見上げたが、すぐに視線を前に戻した。「窓、汚れてて見えませんね」

「ん。……ああ」

緑に塗装された両開きの鉄扉の横には窓があったが、白くくすんでいて、近付いて覗こうとしても中はよく見えなかった。覗こうとするこちらの顔が映るだけだ。

他に窓はないか、と思って左右を見るが、あとは入口の鉄扉と、そのむこうについている小豆色のドアだけだった。ドア上部にはガラスがはめ込まれているので、僕は七森さんを促してそちらに近付いた。誰かに見咎められるのではないかと不安だが、あまりきょろきょろしていると逆に不審に見えてしまう。

ドア上部のガラスは窓ほどくすんでいなかったが、そっと近付いて窺ってみると、内側からポスターの裏面と見える紙が貼ってあり、中は見えなかった。

「……どうだろう、これ？」

「怪しいですね。光を入れたくないなら、窓ガラスの方にも何か貼りますよね」

僕は頷いたが、しかし中が見えなくては判断のしようがない。試しに、そっと壁に耳を当ててみたが、中からは何の音も聞こえなかった。

七森さんも真似をして壁に耳を当てる。「……何も聞こえませんね。空調が回ってたら、その音くらいは聞こえる気がしますけど」

「ああ、確かに……」

季節柄不要、ということは考えられるが、あるいはただ単に使用されていないだけなのだろうか。だが、ディオゲネスは確かに「ここにダチョウがいる」と反応したのだ。こんな閉め切ったところで飼育しているのに、空調も回さない、ということがあるだろうか。

僕は七森さんを見た。

七森さんはこちらの視線に気付くと、はにかんで首をかしげた。「どうしました?」

「いや、なんか……」

彼女の顔を見ながら言葉を探す。「……頼りになるな、って思って」

七森さんは目を見開き、それから照れた様子で俯いた。「……そうですか」

「いや、何だろう。なんていうか……」僕は頭を掻くしかない。「失礼ながら、その、すごく申し訳ないことに……もしかしたらって思わないでもなかったんだけど」

「『私が犯人かもしれない』」驚くべきことに、七森さんは僕の言おうとしたことの続きを言った。「……ですか?」

彼女の口から言われるとは思っていなかった。だが七森さんは僕を見上げ、軽く苦笑した。

「……私も、自分でちょっと思ったことがあります。放火事件の時、二階の現場は全部鍵がかかってたんですよね。でも、私ならああいうふうにできたかも、って」

「う。……いや、その」

「あの時、二階の窓ガラスを割って、一番最初に中に入ったのは私なんです。だから……ですよね？」

彼女もすでに、分かっているようだった。

現場は確かに密室だった。だが、簡単にそうする方法があるのだ。被害者を殺害する準備を整え、窓には内側から鍵をかけて、自分は玄関の鍵を持ったまま外に出る。玄関のドアをその鍵で施錠し、あとは何食わぬ顔で僕たちを助けにくればいい。二階には一番最初に上がり、窓を割って現場に入り、僕たちが後から入ってくるより前に、ソファの中に鍵を投げ入れる。それだけで密室ができてしまう。

「……まあ、そうなんだけど」

「でも桃さん、もし本当に私が犯人だったら、こんなところで二人きりになっちゃっていいんですか？」七森さんは悪戯っぽく笑って僕を見上げる。「私、桃さんのこと殺しちゃうかもしれませんよ？」

「いや、ないだろうと思ってたし。それにその」頭を掻く。七森さんはもともと可愛いので、こういう顔をされるとグラビア的に見えて少々眩しい。「もしそうだとしても、話が聞きたかったし」

「いきなり殺したら？」

「それなら仕方ないと思う。もしそうだとするなら僕は、七森さんですら殺したいと思うようなひどい人間ってことになるし」

七森さんは声を立てずに笑い、僕の腕を摑んで頭を押しあてて、くくく、と肩を震わせた。

「……ありえなすぎます」

「だよね。……ごめん」

命を助けてもらったのにこれでは、恩知らずもいいところだ。

「いいですよ。そうかも、って疑っちゃうのは仕方ないですから」七森さんは僕の腕に頭を押しあてたまま、囁くような声でゆっくりと言った。「……でも、あんまり危ないこと、しないでくださいね。桃さん、前だって怪我をしたことあるじゃないですか。そういうの、引き寄せてるかもしれないですよ」

「そうだね。気をつける」

考えてみれば短期間のうちにもう二度、犯罪に巻き込まれて殺されかけたことになるのだ。「少なくとも、一人前の仕事ができるようにもならないうちに死にたくないしね」

「じゃ、もっと仲良く見えるようにしましょう」七森さんは僕の腕をぎゅっと抱いて、こちらを見上げた。「中、入れるかどうか覗いてみましょう。見つかったら『空き屋だと思いました』で」

「うん」

この建物の見た目を考えれば充分な言いわけだろう。僕は覚悟を決め、ドアノブに手を伸ばした。

予想していたことだが、ドアノブは回らなかった。では、と視線を走らせ、そのむこうの、緑色の扉を見る。両開きの扉には閂状のバーが通っていたが、見るとバーは横にずらされていて、南京錠などで固定されている様子もなかった。こちらは開いているのだろうか。

七森さんと一緒に扉の前に行き、取手に手をかけてゆっくりと力を入れてみた。開いているとしてももっと重いだろうと思っていたが、ごろ、と低い音がして、扉は意外なほど簡単に右にスライドした。

ここまできたらもう飛び込むしかない。僕は左右の扉の取手に指をかけ、思い切って両側に引き開けた。埃っぽいにおいがし、内部の暗闇が黒からダークグレー、そして灰色に変わってゆく。

開けた瞬間に中から声をかけられるかとびくびくしていたのだが、その様子はなかった。僕は後ろの七森さんに頷きかけ、一人分の隙間を開けた扉の中に体を入れる。

踏みこむと、ざり、という足音が響いた。外側から見るより中の空間は広かったが、窓などがすべて塞がれているらしく、奥の方は暗かった。だが、向かい側の壁に沿って一列に、何か大きな四角いものが並べられているのが見えた。四角いものは箱ではなく、格子状をしている。ケージだということがすぐに分かった。その中で、僕よりも大きい何かの影がひょい、と揺れた。

——ダチョウか？

そう思った瞬間、背後に人の気配が急迫するのが分かった。振り返るより早く足を払われ、固い地面に横向きで倒れて腰を打った。

七森さんの悲鳴が聞こえた。床に手をついて顔を上げると、キャップとマスクで顔を隠した人間がこちらを振り返った。

僕は自分の失策を悟った。妙に静かだと思ったが、外でこちらがごそごそやっているのが気付かれ、待ち伏せされていたのだ。

が、マスクの人間は七森さんに何もせず、僕と彼女をきょろきょろと見比べた。

そして、聞き覚えのある声がした。「……桃くん？」

暗い上に入口からの光を背にしているので、相手の顔は見えない。しかし、てっきり男だと思っていたのだが。

「……鴇先生？」

僕と七森さんがほとんど同時に言うと、相手はキャップを取り、マスクを取り、上げていた髪をばさりとほどいた。ジーンズにパーカーという通勤時の恰好をした鴇先生だった。

「先生、何してるんですか？」

「あなたたち、何してるの？」

質問のタイミングが完全に被り、僕と七森さんは反応に困って顔を見合わせる。鴇先生はその間にちょっと外を見ると、がらがらがらと入口の扉を閉めた。再び周囲が暗闇になる。

「あの、鴇先生……ですよね？」暗がりの中で七森さんが、まだ半信半疑といった調子で訊く。「私たち、マラソン大会の時のダチョウさんがどこから来たのかを捜して来たんですけど……」

「二人で？」

僕はじゃりじゃりする地面に手をついて体を起こし、立ち上がりながら答えた。「いえ、外に服部君がいます。服部君の犬がにおいをたどって、ここにダチョウがいるって……」

ああ、そういうこと、という声が聞こえた。七森さんが、なぜか声をひそめて言う。

「先生は、どうしてここにいるんですか？」

暗いので、誰がどのあたりにいるのか分からない。だが先生の足音が動いて、僕の後ろに移動したのは分かった。

「……鴇先生？」

「よく見つけられたものね。確かに、ダチョウはここにいる」先生の足音が遠ざかった。

「……それ以外もね」

ぱちん、と音がして、視界がちらちらと点滅したと思うと、急に明るくなった。

倉庫の内部が明らかになった。明るくしてみると、さっき覗いていた時より少し狭く感じられた。がらんどうで何もない空間で、ただ奥の壁際に一列に、一辺三メートル以上はある、大型のケージが並べられていた。正面のケージには一羽、オスのダチョウが入っている。

「ダチョウ……」

一見してぴんと来た。このダチョウは、僕たちがマラソン大会の時に捕獲した個体に違いない。

それだけではなかった。大小さまざまなサイズのケージが整然とも乱雑とも言いきれない揃い方で並び、中にはそれぞれ一羽か、数羽ずつの鳥が入っていた。一番多いのはドバトとムクドリだが、スズメにヒヨドリ、ハクセキレイにハシブトガラスもいる。

「これって……」

鳥たちはいずれも所在なげにじっとしていたが、隅の方でカラスが一声澄んだ声で鳴くと、数羽いる他のハシブトガラスもそれに応じて鳴いた。

がらんどうの空間。そこに並ぶケージ。その中で、ばらばらに動いている鳥たち。

妙にちぐはぐな印象を受ける光景だった。倉庫に並んだケージに、ケージの中の鳥。

それらの関係性は異常とはいえないが、いつも見慣れている職場の飼育室とは全く違った印象があった。

正面のダチョウがケージの扉部分をつつき、かあん、という音が響いた。それで僕は違和感の正体をなんとなく摑んだ。置かれているケージもその中身も、いずれもひどく無造作だった。ただケージを置き、そこに鳥を入れているだけだった。鳥たちのストレスは全く考慮していないのだ。

明らかに、まともな動物取扱業者のすることではない。

「これ……野鳥ですよね」七森さんがムクドリのケージに近付く。「密猟……？」

「いいえ。そんな生やさしいものじゃない」鴇先生がはっきりと、しかし静かな声で言った。「それと七森さん、ケージには触らないようにしなさい」

七森さんは飛び退くようにして伸ばした手を引っ込め、同時に半歩下がった。「なんでですか？」

「ここの鳥たちはおそらく何かに感染している。顔ぶれからすると、鳥インフルエンザウィルスから変異した、新型インフルエンザウィルスでしょう。中国で感染者が出てるやつよ」鴇先生はキャップとマスクをパーカーのポケットにねじ込み、倉庫内を見渡した。「通常のインフルエンザより感染力が強い可能性もあるから、そこらの物に触れないようにしなさい」

12

あるいは周囲の埃っぽさが理由かもしれない。僕はすぐに、おおまかな状況を理解できた。

「……新型のインフルエンザが上陸しそうだって話は聞いてましたが」

鴇先生はつかつかと歩いて、奥に並ぶムクドリのケージの前に立った。

「ここにいる鳥たちはたぶん皆、感染してる。その意味では、すでに上陸している、と言えるかもしれない」

周囲を見回す。鳥たちのケージは僕たちのまわりをぐるりと取り囲んでいる。それを意識すると急に、空気の中に微細な毒の粒が混じっているような気になり、僕は思わず口を押さえた。

「でも、おそらくはまだ、外に漏れてはいないと思う。ここで食いとめれば、流行はもう少し先に延ばせるはず」

「……どういうことですか？」七森さんが訊いた。僕同様に口を押さえている。

「例の新型インフルエンザウィルスは、まだ日本では確認されていない。にもかかわらずここには、感染している鳥たちがこれだけ集められている」鴇先生は、僕と七森さんを試すように見た。「……つまり、どういうことか分かる？」

「まさか……」

僕が言うのを躊躇った続きを、七森さんが言った。「人為的に……？」

「そう。例のウィルスはまだ、中国内陸部で感染者が出ただけで、日本には上陸していないはずなの。ここにいる鳥たちは間違いなく、人為的にウィルスに感染させられている。……感染者の出た地域で採取したウィルス株を日本国内に持ち込むのは、そう難しいことじゃないし、例の新型は鳥と人、どちらにも感染する」

「いえ、ですけど」言いかけた僕の背後でダチョウがまたケージをつつき、僕はぎくりとして一瞬、後ろを見た。ダチョウが出てきたわけではなかった。「誰が何のためにそんなことをする必要があるんですか？　研究用なら、もっとちゃんと管理しなきゃ」

「間違いなく、国内で新型インフルエンザを流行させるため。……ここにいる鳥の種類を見れば分かるでしょう。ダチョウはおそらく、ウィルスの培地役でしょうね。海外での感染例はダチョウからだったから」

厳しい声でそう言われ、僕は周囲のケージをもう一度見回した。ダチョウの他にいるのは、ムクドリやハクセキレイ、スズメ、ハシブトガラス、それにドバト。いずれも人間の近くにいる鳥たちだ。

もしここの鳥たちが外に放たれたら。

いずれの鳥も群れで行動し、とりわけ夕刻には、ねぐらに数百羽という数が集合する性質を持っている。感染した鳥が群れの中に入れば、群れ全体にあっという間にウィルスが広がる。そして彼らのねぐらは市街地の真ん中だ。糞や落ちた羽毛から人間に感染する可能性は充分に考えられるし、ドバトなどは直接感染の可能性もある。スズメやハシブトガラスといったどこにでも出入りする鳥は、農家の鶏舎や学校の飼育小屋、動物園のヒヨコなど、人間に直接接触する家禽たちにもウィルスを広げるだろう。人間の感染者が出るまでたいした時間はかからないだろうし、その場合、多数の地域で同時多発的に流行が起こる可能性がある。

……もし、そんなことになったら。

鳥たちがケージの格子をつつく、かりかり、という音がまわりじゅうから聞こえてきて、僕は全身の筋肉が緊張で硬くなるのを自覚した。

「バイオハザード……いえ、バイオテロ、じゃないですか」知らず声が震える。「そんなことをして、一体どうしようっていうんですか」

鴇先生は静かに答えた。

「全国的に新型インフルエンザが流行すれば多数の重病人が出るし、乳幼児や高齢者の中には死者が出る可能性もある。でもその一方で、得をする人間だっているでしょう。新型インフルエンザの発生段階が『海外発生期』から『国内発生早期』に移行すれば、発生した地域では地域住民全体への抗インフルエンザウィルス薬の予防投与が検討される。自主的に投与を受ける人間も万単位で現れるでしょうね」

「だとすると、医師……いや、まさか」

僕の脳裏に白く輝く建物群が浮かんだ。鴇先生の職場。仁堂製薬株式会社。

「名義上は別だけど、この倉庫の事実上の管理者は仁堂製薬なの」まともに話すのがはばかられるのか、鴇先生はケージの中のムクドリの方を向いた。「あなたも聞いたと思うけど、仁堂製薬は抗インフルエンザウィルス薬を作っているわけじゃないから、直接の利益はない。でも、間接的な利害ならいくらでも想像がつくでしょう。例えば、抗インフルエンザウィルス薬を作っているエフティー製薬は大きな利益を出すことになるから、そことの合併話が進んでいるのかもしれない。役員の何人かが株式を持ち合っているのかもしれない。……死んだ男のことを考えると、まず間違いなくそういった企業犯罪がらみね」

「死んだ男……？」

「私たちが監禁されていた建物の二階で焼け死んでいた男よ」

袖越しに手の感触を覚えて横を見ると、七森さんが鴇先生をじっと見ながら僕の袖を摑んでいた。

鴇先生は言った。「現場検証の時にあの男の顔を見せられて、もしかしたらと思ったのよ。昔の職場で何度か、見たことのある男だった」

「仁堂製薬の関係者ですか？」

「従業員ではないでしょう。おそらくはただ出入りしていただけ。……簡単に言うと産業スパイよ。業界ゴロ、といった方が近いかもしれない」

鴇先生は元の職場のことを思い出したのか、以前、早瀬川研究センターを訪ねた時に見せたような、嫌そうな顔になった。

「薬品の開発研究は早い者勝ちのところがあるから、研究者から開発情報を買ってライバル企業に売り渡したりする人間がいるのよ。研究を妨害したり、ありもしない副作用や事故をでっち上げて企業を恫喝する人間の話も聞いたことがあるし」

「あの男はじゃあ、何かの情報を盗むとか、会社を脅すとかして……？」

「最初に私たちを拉致しようとしたチンピラもそうでしょう。治験の被験者を紹介したりするつながりで、ヤクザみたいな人間と関わりあいがあることも、考えられなくはないから」

「……そうか」

詳しい事情は分からないが、仁堂製薬が企業として、新型インフルエンザを意図的に日本に上陸させたとすれば、それ自体がもう致命的なスキャンダルになる。あの男がどこかでその情報を摑んでいたとすれば、いくらでも絞りとれるネタを得た、ということになるだろう。

七森さんが僕の袖を摑んだまま訊いた。「じゃあ、鴇先生のストーカーって何だったんですか？　たまたまそういう人がいただけですか？」

「いいえ。ストーカーなんて最初からいなかったのよ。すべて、あの男を殺した犯人のでっちあげでしょう」

「それって……」僕は途中までしか言えなかった。

先生の話を聞いて思いついたのは、仁堂製薬の人間が業界ゴロを始末し、それをストーカーの無理心中に偽装した、ということだ。「鴇先生のことを嗅ぎまわっている中年の男」の存在は被害者である鴇先生や結城氏も、それに僕も証言する。加えて現場が密室であれば、警察もそれで納得するかもしれない。

だが、本当にそれだけなのだろうか。仁堂製薬の人間が業界ゴロを始末するなら、どこかでこっそりと殺して死体を海にでも沈めればいい話ではないか。わざわざ架空のストーカーをでっち上げる必要があるだろうか。

「……鴇先生をさらったのって、必要あったんですか？」

「推測だけど」鴇先生は肩をすくめた。「犯人は私たちを拉致する必要があった。でも殺すつもりはなくて、一旦拉致した後に解放するつもりだった」

「何のために、ですか？　ストーカーの演出をするためだけに、そこまで手間のかかることをしなくたっていいはずですよね」

それにもう一つ疑問がある。僕たちが拉致されたタイミングだ。鴇先生の映像がマスコミやネットに流れた直後、というのは、偶然にしては出来すぎている気がする。結果からみれば、拉致事件はあの映像が原因にしか思えないのだが。

「おそらく、犯人はあの映像を見て私を拉致しようとしたんでしょう」鴇先生はその点についても分かっているらしく、口調を変えずに言った。「正確には、あの映像に映っている私が怪我をしているのを見て、拉致する必要に迫られた」

「怪我……」

そう。確かにあの時、鴇先生はこめかみに怪我をしていた。

あ、と声が漏れた。そうなのだ。鴇先生は、極秘に持ち込まれた新型インフルエンザに感染したダチョウを捕獲する際に怪我をしていた。それが映像で流れた。

……だから、犯人は、先生を拉致する必要があったのだ。

「私はダチョウを捕獲した時に怪我したから、新型インフルエンザに感染している可能性があったの。犯人はそれを確かめるために私たちを拉致したんでしょう。眠らせている間に頰の粘膜を採取して、気付かれないうちに検査をするために」

「じゃあ、僕や結城さんが一緒に攫われたのって……」

「……ごめんなさい」

鴇先生はそれだけしか言わずに視線をそらしたが、七森さんが言った。

「鴇先生の彼氏なら、先生から感染しているかもしれないから……ですか」

「誤解だ……」僕は腕を組んだ。「迷惑千万ですね。悪くない誤解ですけど」

「そういう冗談はいいから」それなら聞き流せばいいのに、先生は早口になって目をそらした。「仁堂製薬側の計画では、感染開始の予定はもう少し先——年末に近くなってからだと推測できるの。都市部で感染者を出し、それが地方に帰省する。密室である飛行機や新幹線を使ってね。そうすれば、多地域で一斉に感染例が出ることになる」

隣の七森さんが摑んでいた袖を離して僕を見上げている。僕は肩をすくめてみせた。

「だとすれば、新型インフルエンザに感染させたここのダチョウが脱走したのはイレギュラーだったでしょう。今から感染が広まってしまうと、帰省シーズン前にニュースになって、拡散防止の対策がとられてしまうから」先生は横のケージの方を見て話を続けた。「犯人としては、新型インフルエンザの発生に気付かれないうちに感染を食い止めなくてはならなかった。私たちが感染しているのかどうかを確認することは急務だったし、大山動物園に引き取られたダチョウは急いで回収しなくてはならなかった。検疫がされて、インフルエンザが見つかる前に」

「あ、だから……」

「あなたたちも都筑さんから聞いているようね。大山動物園のダチョウ舎に侵入者があったけど、ダチョウが減っているわけではなかった」先生はようやくこちらを向いた。「おそらく、ただ問題のダチョウを盗んだのでは怪しまれるから、犯人がすり替えていったのね。仁堂製薬は動物実験や生体素材の材料としてダチョウを保有してはいたけど、利用できるダチョウの中に、脱走したものと体格や性別が同じ個体はなかった」

そういえば、ダチョウの卵から作るアトピーの薬があったな、と思い出す。

「犯人がかわりに置いていったダチョウは明らかに体が小さかったです。同じくらいの個体を用意する時間がなかったんですね」

僕たちはそれがきっかけでここに辿り着いたのだ。「だとすると、楓ヶ丘でイヌワシたちの羽根が落ちていたっていうのも……」

「あれは私よ。私から感染している可能性があったから、念のために検査しただけ。その時に落ちた羽根でしょう」鴇先生は肩をすくめた。「事件の時、私が何事もなく解放されたということは、検査の結果は陰性だったんでしょう。でも、陰性イコール感染していない、というわけじゃないもの」

「……安心しました」

「黙っていてごめんなさい。余計な不安を与えることもないと思っていたんだけど」鴇先生は溜め息をついた。「……あなたが異状に気付くとは思っていなかったから」

「……それが仕事ですから」

言ってから、もう一つ思い出した。

「あの、もしかして『アフリカ草原ゾーン』の動物もこっそり検査したりしてます？」

先生は、それも知っていたのか、という様子で頷いた。「……ええ」

「いえ、キリンのメイがちょっと、先生を怖がってるみたいだったので」

「『アフリカ草原ゾーン』のダチョウを、退勤後に検査したの。いつもと違って、夜中に突然来て検査したから、メイはたぶんその時の物音を隣で聞いていたんでしょう。……あの子、思ったより繊細なのね」

「そういえば、そうですね。隣のシマウマ舎でコータローが発情した時、メスのシマウマよりメイが怖がってた気がします」

「とりあえず全員陰性だったから、注意して経過観察はしていたけど」

なんだか仕事の話になった。「あの、それじゃ……飼料室のマウスが減ってたのも先生ですか？」

「あの後、戻したんだけど。……ちょっと、実験に使わせてもらったのよ」

「実験？」

「ええ。……事件の時、二階を密室にするトリックの」

僕と七森さんは思わず顔を見合わせた。なぜかケージの中のカラスも鳴いたが、これはたまたまだろう。

「方法があるんですか？」僕が考えついたのは、七森さんが可能だったということだけだ。

「ええ。マウスを使えば」

「……マウス？」

僕の脳裏には両手で現場の鍵を持ってかりかりかりかりと齧るマウスが浮かんだが、脳内のマウスはただ齧っているだけでそれ以外をしようとする様子が全くないので、それ以上考えるのを諦めた。

「別にマウスである必要はなくて、性質的にはフェレットなんかの方が適当なのだけど」鴇先生は傍らでケージの格子をつつくムクドリに視線をやる。「ああした動物は狭い所に入りたがるし、チューブ状の通路に入れるとどこまでも進んでいくでしょう。つまり、ソファの上から換気扇の隙間を通して外までチューブを伸ばすのよ。外からマウスを入れれば、途中で多少のカーブやアップダウンがあっても、マウスが鍵をソファまで持っていってくれる。マウスはよじ登るのが得意だから、上り坂があっても構わない」

「マウスに……」

現場に縛りつけられていた時のことを思い出す。僕たちが監禁されていた一階。そこに置いてあったがらくたの中には確かに、用途不明のチューブがあった。

「おそらくは、ただ端から入れるだけでもう一方の端まで行くでしょうけど、確実に成功させたいなら、ノズルを長くしたネズミ忌避剤を後ろからスプレーして追いたてればいい」鴇先生は講義する口調になり、少し声を張らせた。「もっと詳細に言うなら、まず柔らかい素材の紐に鍵を通して輪にして、その輪をマウスの体に結わえる。それから、マウスに結わえた輪に電線をくくりつけて長く伸ばす。チューブの一方からマウスを入れると、マウスは電線を伸ばしながら進んでいくでしょう。電線の長さをあらかじめ測っておいて、マウスがソファの上まで到達するところまで伸びたら、電線に電流を流す。マウスが電流を嫌がって体についている輪を外そうと齧ると、紐が切れて鍵が落ちる。あとは電線と輪を外から引っぱって回収すればいい」

鴇先生はそこまで言って腰に手を当てた。

「他にもいくらでもやり方はあるけど、例えばこんなところね。部屋の中に残るのはマウスだけ。隙間のどこかから出ていってくれるかもしれないし、床の燃えた部分にあらかじめ穴が開けてあったのかもしれない。そうでなくてもマウスは物陰に隠れるから、すぐには見つからない。仮に後になって見つかっても、ネズミの一匹程度、不自然でも何でもないでしょうね」

先生はそこまで、あっさりと言った。

だが、この話を前提にすると、犯人は七森さん以外の誰でもいいことになる。もちろん、疑わしいのは。

「……マウスの扱いに慣れている人間ですよね。そうなると」

僕がわずかにとはいえ七森さんを疑ったのは、それに当てはまるからだった。

「そうね。それだけじゃなくて、少なくとも麻酔薬と注射器が扱える人間。もっとも

……」

先生がそこまで言ったところで、がらがらがら、と大きな音がした。僕は突然の物音に飛び上がるほど驚いた。

入口の扉が開いていて、男が立っていた。

先生は落ち着いていた。「……本人が来たようね」

「……おい。どういうことだ」

男は大股で踏み込んできた。早瀬川研究センターで会った時と違い、おそらくは変装であろう眼鏡とマスクをしていたが、それでも声を聞くとすぐに分かった。結城氏だ。

「佐恵子。どうしてここにいる。何をしてる！」

「それはこちらの台詞。仁堂製薬早瀬川センター研究員・結城明彦。ここに何をしにきたの？」

「話す必要はないだろう」結城は苛立たしそうに先生の問いを振り払った。「後ろのお前ら、何やってる！　誰の許可を得て入った？」

「ということは、ここはあなたが管理しているって認めるんですね？」言い返したのは七森さんだった。見かけによらず度胸があるのである。「こんな狭いところで、新型インフルエンザに感染した鳥を飼育しているのはどうしてですか？」

「インフルエンザだと？　何のことだ」結城はマスクと眼鏡をむしり取って言い返したが、横で聞いている僕にも、声が震えているのが分かった。「野鳥を保護しているだけだ。早く出ていけ！」

「無駄なごまかしはやめなさい。ダチョウがいる時点で明らかよ。中国での、新型インフルの発症事例はダチョウからの感染だった」

鴇先生が言うと、結城はぎくりとしてケージを見た。

「私たちはこれから警察に行く。仁堂製薬がどんな理由で新型インフルエンザを日本に持ち込んだのか。あんたがどんな理由で二階にいた業界ゴロを殺したのか……」先生はそう言って歩き出し、結城の横を通って入口の前で立ち止まった。「そのあたりを調べるのは、警察に任せることにするわ」

「待て！」

結城は全身を震わせて怒鳴り、早足で入口の扉に飛びつくと、足を踏ん張って素早く閉めた。

があん、という金属扉の閉まる音が倉庫内に響いた。

「……佐恵子、一人で調べたのか。警察には言ったのか？」

「一人よ。まだ警察にも言っていない。そこの二人も、私とは別々に調べていたようだけど」

結城は暗い目つきでこちらを睨んだ。七森さんが少し後ろに下がったのか、ざっ、と足音が響いた。

「……閉じ込めたつもり？」

「違う。話を聞け」

結城は扉を守るように背中をつけた。

「抗インフルエンザウィルス薬はエフティー製薬が出しているが、あそこの薬には欠陥がある。俺はそれを明らかにするために活動していた」

「欠陥？」

「低い確率だが、体力のない子供や高齢者には、重篤な副作用が出るんだ。発熱して譫妄状態になり、場合によっては死亡する」結城は声を高くした。「だがエフティー製薬側はそれを認めようとしなかった。このまま新型インフルが上陸すれば、日本中であの薬が投与される。副作用が認知されるまでにどれだけの死者が出るか分からん。わが社としては製薬倫理上、そういう状況を座視することはできなかった」

結城は喋ることで少し落ち着いたのか、背筋を伸ばして胸を張った。

「だが副作用を示すデータがない。ここにいる鳥はそれを得るための実験材料だ」

それを聞いて、鴇先生は溜め息をついた。

「……もう少し、ましな言いわけをすると思ったけど」

「何だと？」

「ここにいる鳥の種類を見れば、あんたたちがそんなまっとうな目的でウィルスを保有しているんじゃないことくらい、簡単に分かるのよ。あんたたちがしたかったことは、エフティー製薬側が抗インフルエンザウィルス薬の欠陥に気付いて対策を取る前に、それを大量に使用させることだったんでしょう？　全国的にインフルエンザが流行すれば、予防投薬で百万単位の人間があの薬を打つ。副作用で重大な事故が数件起これば、エフティー製薬にとっては致命的な打撃になる。……二階で死んでいたあの男は、あの薬の副作用の情報をどこかで手に入れ、仁堂製薬に持ってきた。直接エフティー製薬を脅すより金になると踏んだのか、エフティー製薬側にはねつけられたのか……そんなところでしょう。あんたたちは話に乗ったけど、あの男のことは始末するつもりだった。当然ね。生かしておけば、今度は話に乗った自分たちがゆすられることになる」

「わが社はヤクザじゃない。嫌な言い方をするな」結城は鴇先生を睨んだ。「あの薬が全国規模で投与されてしまえば被害が広がる。そうならないよう、早めに副作用の事例を出して警告する、という判断だ」

「都合のいい言い方をしても無駄よ。本当にそのつもりなら、未確認でも何でもその情報を公開すれば済むことでしょう。あんたたちは結局、ライバル企業を潰すためにバイオテロをしようとしているだけ」

「あのなあ、佐恵子」結城は演説するように手を広げた。「うちは慈善団体じゃない。未確認でもいいから情報を流す、なんて、そんなお人好しな真似をしていて生き残っていけると思ってるのか？　企業ってのは営利団体なんだ。利益を追求するのは当然だろう？　世の中はそうやって回ってるんだ。青臭いことを言うな」

「企業が利益を追求することを許されるのは、ルールを守った上での話よ。あんたたちがしようとしていることは、明確な犯罪」先生の方は声を大きくするでもなく、いつも通りの口調で言っている。「二階の男の件についてはそれですらない。脅された人間が、保身のために殺人を犯した、ということに過ぎない」

「犯人が俺だというのか？」

「あんた以外に誰がいるの？　確かに、マウスを使って密室を作るのは誰でもできる。でも、一階にいる私たちが一酸化炭素や有毒ガスで死んでしまわないようにコントロールできた人間は、ごくわずかしかいないのに」

その通りだった。状況からして、犯人は僕たちを殺すつもりはなかった。必要のない人間を三人も殺すのはリスクがありすぎるし、僕たちが死んでしまえばストーカーの証言者がいなくなる上に、消防署に通報するのが遅れ、せっかく作った密室が壊れてしまうかもしれないのだ。

「私たちはあの時、『幸運にも』救出された。それは北斗君が異状に気付いて七森さんに連絡し、七森さんが服部君のGPSを確認するよう頼んで、二人が私たちを助けてくれたから。……つまり、私たちの生死をコントロールできたのは、閉じ込められた私たち三人以外のすべてを含めても六人しかいない」

僕は隣の七森さんを見たが、彼女は無言で鴇先生を見ていた。

「まず北斗君は除外される。服部君がGPSをつけていて、彼からの電話が救出のきっかけになったのはただの偶然。北斗君はGPSのことなんて知らなかったんだから。次に服部君も除外される。彼はあの日、私と桃くんより後に退勤した。私たちを拉致するつもりなら、先に帰っているはず。同じ理由で、私より後まで残っていた桃くんも除外される」

しっかり容疑者リストに入っていたのだなと思い、僕は肩をすくめた。まあ、僕だって人のことは言えない。

「もちろん、七森さんでもない。この子が最初から私たちを助けるつもりだったなら、あんな無茶な手段は使わない。一階のドアを外から開けられるようにしておけば済むことなの。……残ったのは、私とあんただけよ」

ここまで捜査したのだから自分くらいは除外してもいいと思うのだが。

もっとも、鴇先生が犯人だとすると、結城の言っていた「麻酔を一気に注射した」という話が本当だった、ということになってしまう。麻酔を扱い慣れた先生なら、相手を殺しかねないそういったことはしないだろう。

「動機だって、だいたい想像がつくのよ。あんたは不注意で、感染したダチョウを逃がしてしまった。あの男は流れた映像を見てそれを知り、今度はあんたを脅迫した。『上の人間にばらされたくなければ、金を払え』……あんたはあの男の口を封じるついでに、私たちを拉致して感染の有無を確認しなければならなかった。……そんなところでしょう」

鴇先生は結城を見ていた。特に怒ったような様子も、失望したような様子もなく、ただ無表情だった。

「……上の命令だったんだ。やらないわけにいかないだろう。こっちだって、断ればおしまいだったんだ」結城は震える声で言った。「こっちは勤め人なんだ。上に何を言われても、命令されりゃ従うしかない。でなきゃクビだ。お前らみたいに、動物だけ相手してりゃいいのとは違うんだよ」

隣の七森さんが、何か言おうとしてやめたのがちらりと見えた。

「こう言うとお前ら『そんな会社辞めればいいのに』とか言いやがる。今の時代に、自己都合で会社辞めるなんてできるわけないだろうが。女みたいに、いざとなれば結婚すればいいやってわけにはいかないんだよ！」

結城は頭を乱暴に掻き、下を向いてぶつぶつと続けた。

「だいたいあの男はこれまでずっと、ゆすりたかりで食ってきた男じゃないか。社会にとって害でしかない人間だろ？　どこの会社も困らされてるのを俺が消してやったのに、やったらやったで善人面して犯罪者扱いかよ。ふざけやがって。自分がやるように仕向けたんだろうが」

結城はくどくどと続けた。話の内容はどんどんずれていき、事件と関係のない、職場の不満になっていく。

「だいたいなあ。早くしろ早くしろばかりで、こっちが効率よく仕事できるような工夫は何一つしないじゃねえか。ただ文句言うだけが管理職かよ。それで俺より高い給料貰いやがって……」

僕は目のやり場に困った。こちらに関係ないことで文句を言われても困るのだ。隣の七森さんも最初は何か言おうとしていたようだったが、途中からもう呆れ果てたらしく、結局何も言わなかった。

結城は恨みのこもった三白眼で鴇先生を見た。「……辞めたお前に、俺の苦労が分かるもんか」

だが鴇先生は、ぴくりとも表情を変えずに言った。

「……あんたは昔からそうだった」

先生は小さく溜め息をついた。「自分が失敗したら『フォローしてくれなかったまわりが悪い』。狡いことをしたら『そうしなければやっていけない環境が悪い』……自分のやり方は何一つ工夫しようとしないで、他人のせいにしてばかり」

「俺に責任はないぞ。責任があるのは命令した上の人間だ」

「いつも無頓着な演技をしているけど、本当は気が小さくて臆病」

先生は目を細めて結城を見ると、ゆっくりと、静かな声で言った。「……あなたはただ歳をとっただけ。何も成長していないのね」

事件後に電話で話した時、不満の多そうな人だな、というのはなんとなく感じていた。だが、目の前でこうしてみっともないところを見せられると、なんともやりきれないものがある。以前つきあっていた鴇先生なら尚更だろう。僕はどうしても、溜め息が出るのをこらえられなかった。

結城は小声でぶつぶつ言っていたが、しばらくすると突然、振り返って入口の扉を開け放した。

逃げるのか、と思って反射的に身構えたが、そうではなかった。結城は踵を返し、こちらに向かって大股で歩き出した。

僕は一瞬ぎょっとしたが、結城は僕たちを無視して奥のケージに向かった。「警察でも何でも、勝手に呼べばいいだろう。どうせ俺を逮捕なんかできないんだしな」

結城はダチョウのケージに手を伸ばし、いきなり鍵をがちゃがちゃといじり始めた。

「おい」僕は駆け出して、結城の腕を押さえた。「何やってるんだ」

「離せ。離さないと警察を呼ぶぞ」結城は腕を力まかせに振り回した。「お前らは現時点でもう侵入罪なんだ。警察を呼べば逮捕されるのはお前らなんだぞ？　邪魔をするな」

「な」警察を呼ぶぞ、などという言葉がこの男の方から出てくるとは思わず、僕はつまずいたようになって、すぐには言葉が出なかった。

「……そんな場合じゃないだろ！　鳥が逃げる」

「そうだ。保護した野鳥を放してやるんだ」結城は後ろを振り返り、倉庫内に声を反響させた。「俺のこの行為は違法でも何でもない。警察が来ても何もできないぞ」

「滅茶苦茶だ」

「本当にそう思うか？」結城は口元を歪めて僕を睨んだ。「じゃあ言ってみろ。俺のこの行為が何の罪になるんだ？」

「何言ってんだ。新型インフルエンザに感染した鳥を」

「不注意で放してしまいました、で、何か犯罪になるのか？」

一瞬、そう言われて思考が停止した。

だが、すぐに気付いた。そんなものはただの屁理屈だ。僕たちをひるませ、その間に鳥を逃がして証拠隠滅をしようとしているだけなのだ。

知らずに緩めていた力を入れ直し、結城の腕を強く握る。「ダチョウは家畜伝染病予防法の適用対象だ。あんたは届出義務をはじめ、あらゆる義務を果たしていない。言い逃れができると思うか？」

「伝染病だと？　何のことか分からないな」結城は目をそらした。「ここの鳥にそんな症状が出ていたか？　俺はただ単に、保護していた野鳥を放そうとしていただけだが」

「とぼけるな」あまりの白々しさに、腕を掴んだ手に力が入った。「だいたい、この時点ですでに鳥獣保護法違反だ。野鳥をこんなに捕獲してるが、狩猟免許は取ってるのか？　それにそもそも、そこにいるハクセキレイやドバトは狩猟鳥じゃない」

「学術研究のために許可を取ったと思うが、どうだったかな。文句があるなら、研究センターに行って確認してきたらどうだ？　無許可だと確認が取れてもいないのに、警察を呼んでも誰も相手にしてくれないぞ」

結城は僕が黙ったのを見て、にやりと笑った。

「動物愛護法違反です」後ろで七森さんが言った。「窓を塞いだこんな場所に大量の鳥を閉じ込めて、こういう飼い方をしていたら動物愛護法の『虐待』になります」

「餌も水もちゃんとやってる。ケージは多少狭いが、そんなことで虐待だ何だと言われていたら鳥なんか飼えないぜ」

「でも、そもそも証拠隠滅罪です。ここの鳥は、あなたの犯罪の証拠ですよ」

「もう少し勉強した方がいいな。自分の犯罪の証拠を自分で消しても、証拠隠滅罪にはならないんだぜ」

「ああもう。面倒な男ね」鴇先生が煩わしげに言った。「つまらない屁理屈はよしなさい。法的根拠なんて、刑法上の緊急避難で充分よ」

先生はこちらをまっすぐに見たまま、ゆったりと一歩、踏み出した。

「『自己または他人の生命、身体、自由または財産に対する現在の危難を避けるため、やむを得ずにした行為は罰しない』。私たちは新型インフルエンザの感染拡大を防ぐため……」先生は拳を鳴らした。「……『やむを得ず』あんたを叩きのめすの」

が、先生がそう言った直後、入口の方から別の人の声が聞こえた。

「こんにちはー。どなたかいらっしゃいますかー？」

若い女性の声だが妙に明るく、その場の雰囲気から完全に浮き上がったのんびりした口調なので、僕は何が何なのか分からなかった。七森さんと結城もぎょっとした様子で入口を見た。

「……どうやら、その必要もないみたいね」鴇先生は拳を鳴らすのをやめ、落ち着いて振り返った。「どうぞ。入って」

「はあい」外の声が元気に答えると、ジーンズにスニーカーという恰好の女性がひょい、と中に入ってきて、笑顔で敬礼した。「どうもー。失礼しまあす。週刊文椿(ぶんちゅん)の北村です」

その後ろからカメラを持った坊主頭の男性も入ってきて、僕たちに向かって無言で会釈した。

「うわっ、ほんとに鳥だらけ」北村という記者は倉庫を見回して口を開けた。「これほんとに全部、新型インフルにかかってるんですか？　あっほんとだ。ダチョウもいる。これ確かにマジですねえ」

後ろの男性は指示を受けるまでもなく、倉庫の中をぱしゃぱしゃと撮影し始めた。

フラッシュの発光が続く中、僕たちはしばらく呆然としていた。

「……おい」

僕や七森さんより先に、結城が状況に気付いた。「おい。何撮ってる。やめろ」

「あー撮影しますってお伝えしたと思いますけど、伝わってません？」北村記者は平然と返し、鴇先生に会釈した。「こちらの方にお話ししたんですけど」

「何だと？」

「記事のネタになりそうだから、知り合いを通じて呼んでおいたのよ」鴇先生は軽く髪をかき上げた。「これでもう、鳥を逃がしても無駄ね」

「なっ、……おい、こらお前」結城は僕の腕を振りほどき、カメラマンの男性に向かって怒鳴った。「撮るな。誰が撮っていいって言った」

カメラマンの男性の方は完全に無視して、「おおっ、いただき」などと呟きながらフラッシュを光らせている。

そういえば服部君が、表の道にワゴンが停まっている、と言っていた。てっきり鴇先生か結城が乗ってきたものだと思っていたのだが。

「やめろ」

結城が怒鳴りながらカメラマンに歩み寄り、カメラに手を伸ばした。だがカメラマンは「何だこの男」という顔でカメラをかばい、結城を押しのけて奥に行った。

「おい。やめないと警察を呼ぶぞ。お前ら誰の許可を取ってやってるんだ」

「え？」

北村記者は怪訝な顔で鴇先生を見る。

結城は先生を指さして彼女に怒鳴った。「そいつは仁堂製薬の人間じゃない。そいつが許可したから、では通じないぞ」

「いえ、僕が許可しました」扉のところからまた新たな声がした。

見た瞬間は誰だか分からなかったのだが、声と考え合わせてすぐに思い出した。入ってきたのは仁堂製薬早瀬川研究センターの北斗君だった。白衣を着ていないので、一目では分からなかったのだ。

「北斗」結城が北斗君を睨んだ。「どういうことだ」

「僕は仁堂製薬の人間ですので、僕が許可しました」北斗君は結城の剣幕に少し圧されたように肩をすぼめたが、目をそらしながらも言うことは言った。「鴇先輩からお願いされまして、ここの住所を調べました。上の人間には伝えていないので行き違いがあるかもしれませんけど、それは上の人間に確かめてください」

北斗君が現れたことで、僕はもう一つ納得した。鴇先生が早くに退勤して連絡がつかないことがあったが、先生は僕が思った通り、やはり仁堂製薬に出向いて調べものをしていたのだろう。会う相手は結城ではなく北斗君だった。ということは、先生は前から、なんとなく事情に察しがつき、犯人の見当もついていたのだろう。

「北斗……」結城は一度黙ったが、しぶとくもまだ声を上げた。「お前、そんなことをしていいと思っているのか。職場の機密事項を週刊誌なんかにチクりやがって。どうなるか分かってるのか？」

北斗君はすぐには応じず、悲しげに目を細めて小さな声で言った。

「……どうせ、このことが明らかになればうちの会社、おしまいですから」

「本当にそう思うか？　いや、その話じゃない。お前の話だ。職場のスキャンダルを週刊誌ごときに漏らすような人間は首だ。そうなった後、お前はどうするつもりだ？」結城の方はまだ、何かにすがりつくように早口で喋った。「どこかに再就職できるとでも思っているなら、世間知らずもいいとこだ。そんな理由で首になったような人間を雇う会社なんてないぞ」

そう言えば相手が動揺すると思ったのだろう。結城の方は勢い込んでいた。

だが怒鳴られた北斗君は全く動じず、静かな声で結城に返した。

「再就職先はもう決まってるんです。このスキャンダルのことを説明して、近いうちに仁堂製薬が傾く、と話したら、じゃあその時にはうちに、と言われました。……というより、事件がきちんとニュースになることを条件に、再就職の話があった、と言う方が分かりやすいでしょうか」北斗君は寂しげな顔になった。「そういうこともあるんですよ。……世間知らずは、あなたの方です」

鴇先生が肩をすくめた。隣を見ると、七森さんも釈然としない、という顔をしている。動物園の就職にはそういうものはないので、その点は気楽だな、と思った。

北斗君はそういう視線を気にしたらしく、苦笑してこちらを見た。

「……人間の群れはこんなものです。醜いですよね」

僕は答えた。「そうでもないです。チンパンジーやニホンザルの群れなんかも、順位争いを見てると人間並みに黒いですよ」

「そうなんですか？」

「ニホンザルの方はサル山で研究中です。楓ヶ丘動物園にお越しになればご覧になれますよ」

「動物園ですか。……そういえば、子供のころに行ったきりです」

北斗君はそれから、少し急ぎ気味に付け加えた。

「念のためお断りしておきますけど、こちらの業界、仁堂製薬(ウチ)のまわりがひどいだけですから。普通の会社はもっとまともにやってるし、病気で苦しんでいる人たちの希望になろうと頑張っている研究員がたくさんいます」

言いながら自分で照れくさくなったのか、北斗君は視線をそらして頭を掻く。「やりがいのある仕事ですよ。ですけど……」

それから、鴇先生を遠慮がちに見た。

「……鴇先生、戻ってくるつもりはありませんか？」

鴇先生は微笑んで首を振った。

「ごめんね」

それから結城の方を見た。万策尽きたということらしく、結城は北斗君をただ見たまま突っ立っている。

「さて。……念のため、断っておくけど」そう言いながら、先生は懐から小さな機械を出した。「これまでの会話は、すべて録音させてもらったから。話の内容とあんたの態度は、仁堂製薬の計画と殺人事件を自白しているとみてもいいでしょう」

「な……」

先生が出した機械はＩＣレコーダーだったようだ。「中にいる人間ともめた時のために持ってきてみただけのはずだったのだけど」

「おお、鴇先生。ご無沙汰しております」扉の外からまた新たな声がした。やはり聞き覚えのある声だ。

鴇先生の方は驚く様子もなく振り返り、今出したＩＣレコーダーを掲げてみせた。

「話は終わっていますが、これまでの会話は録音していますから」

開いていた扉をさらに大胆に押し開けて入ってきたのは都筑刑事と、名前の分からない馬めいた刑事の二人だった。

都筑刑事は自分のやるべきことは心得ている、という様子だった。他の人間には目もくれずに、万策尽きて突っ立っている結城に対し、警察手帳を出して見せる。

「結城明彦さん。殺人、監禁致傷、非現住建造物等放火その他の容疑で話を伺いたい。よろしいですか」

カメラマンの男性は警察手帳を出す都筑刑事を「おっ、いただき」と呟きながらフラッシュを光らせたが、都筑刑事は目を細めて「ちょっと君」と言うだけで、構わずに結城の手を取った。結城はうなだれて、おとなしく従った。

都筑刑事と馬めいた刑事に挟まれた結城を先頭に、ぞろぞろと続いて倉庫を出る。北村記者とカメラマンの男性、それに北斗君の三人はまだ残って調べるとのことだった。

僕は外に出ると、まず大きく深呼吸した。ウィルスの有無など呼吸した感覚で分かるわけがないのだが、倉庫内の空気の埃っぽさのせいか、あるいは外の青空の眩しさのせいか、外の空気はすごく澄んで感じられた。

「確認しておくけど」前を行く鴇先生が、そちらを見ないまま結城に尋ねた。「鳥の倉庫は他にどこにあるの？　全国的に感染を広めようというなら、ここ一ヶ所じゃないでしょう」

結城は答えなかった。ただ足音だけが不揃いに続く。

先生の方も答えを期待していなかったようで、小さく溜め息をつくだけだった。「それならもう一つ。マラソン大会の日にダチョウが脱走した原因は？　確かめておかないと、他の場所でも脱走が起きるかもしれないのだけど」

都筑刑事が結城を見たようだったが、結城は俯いたままだった。

だが、ぼそぼそと話す声が聞こえてきた。

「……鍵がかかっていなかった。ケージの開口部はちゃんと留めてあったが……」

「つついているうちに外れたんでしょう。変わったものを見るとつつきたがる個体もいる」

「あ」

僕が急に声をあげたので、鴇先生と都筑刑事が歩きながら振り返った。

しまった、と思ったのだ。最前、結城がダチョウのケージを開けようとした。僕は腕を押さえて止めたが、結城はあのケージをどこまで開けていただろうか。開口部の留め金はかかっていたはずだ。だが鍵はどうだろう。すでに外されていたのではなかったか。

「すいません。僕ちょっと倉庫に戻ります」

確認観察笑顔、という、仕事の標語が頭の中で点滅していた。僕は踵を返し、早足で戻ろうとした。

だが。

倉庫の方から、かすかに悲鳴が聞こえてきた。それに続いて、金属らしき何かがぶつかる音。

僕の背後でざっ、という足音が聞こえた。鴇先生たちが振り返ったのだろう。それと同時に倉庫の入口から、ひょい、とダチョウが首を覗かせた。

「げっ」

「ちょっと」

誰ともなく声が漏れる。——逃げられたのだ。

とっさに駆け出していた。

土を蹴って走りながら状況を理解した。あれは新型インフルエンザウィルスを持っているから、接触すれば僕も感染するかもしれない。だがそこはたいした問題ではない。僕たちだけが感染するなら構わないのだ。副作用の危険はあるにせよ薬が打てる。だが逃げられてしまったら、家畜の脱走、という程度の問題では済まない。ダチョウは捕獲されるまでの間に、移動したすべての場所にウィルスをばらまく。ばらまかれたウィルスは周辺にいる不特定多数の野鳥に感染し、そうなったらもう、感染拡大を止める手立てがなくなってしまう。

倉庫から出る前に中に押し戻せば、と思ったが、間に合わなかった。僕がそばに戻るより先に、ダチョウはひょい、と扉から体を出し、とっとっと、と歩き出してしまった。

——待て。逃げるな！

だが、駆け寄ってくる僕たちに気付いたダチョウはびくり、と体を固めて重心を落とし、ぱっと地面を蹴って、壁沿いに左側へ移動してしまった。

「取り囲みなさい」後ろから鴇先生の声がした。「七森さんは右から、桃くんはまっすぐ！」

「はい!」

同時に応え、僕は壁沿いを歩くダチョウにまっすぐ向かった。その間にコースを変えた七森さんが右から迫る。それに気付いたダチョウはびくりとして後ろを気にすると、壁沿いに左側へ走り出した。その正面に鴇先生が走りこむ。

ダチョウは一度人間に抱え込まれれば、力一杯振り払ってまで逃げはしない。僕と鴇先生で二人で両側から挟めば、なんとか——。

が、ダチョウは真正面に回った鴇先生を見ると素早くステップして向きを変え、いきなり全速力でこちらに向かってきた。僕は急停止して前に回ろうとしたが、それより早く僕の左側をすり抜けてしまう。ばし、という土を蹴る音が耳に届き、指先にかすかな羽毛の感触を残してダチョウは僕の横をすり抜け、そのまま全速力で倉庫から離れていく。

「やばい」

こちらは全速力で走ってきたのだ。そう素早くターンはできない。乾いた地面で足が滑り、僕は手をつきながらようやくターンする。だがダチョウはその時すでに、十メートルも先に行っていた。人間の常識からは考えられないスタートダッシュだ。

前を全力疾走するダチョウの尻を追いながら、僕は頭の中が冷えるのを感じていた。敷地はフェンスに囲まれているが、ダチョウの向かう先は出入口だ。あそこを通られたらもう捕まえようがない。

「都筑さん」

僕より出入口に近い位置にいるのは都筑刑事たち三人だけだった。走りながら大声で呼んだが、結城を挟んでいる上に突然全力疾走で突進してきたダチョウを見た三人は、むしろとっさに体を引き、離れてしまった。

ダチョウは大きなストライドで土を跳ね上げながら、軽々と加速していく。なすすべもなく引き離される自分の呼吸音がむなしく伝わってくる。何か投げるものは、と思ったがない。大声を出してもダチョウは止まらない。逃げられる。

が、出入口から、犬を連れた眼鏡の人間が入ってきた。

「服部君！」

——まだあれがいた！

ディオゲネスを連れて入ってきた服部君は、突進してくるダチョウに気付き、それから左右を一瞥してすぐに状況を理解したらしい。ディオゲネスのリードを離して命令した。

「Πήγαινε（ピーゲネ）！」

ディオゲネスは射出されたように駆け出し、ダチョウの進路を塞いだ。ごつい顔で舌を出した犬が突然迫ってきたことに驚いたらしく、ダチョウはさっと進路を変えて左にそれた。

その間に出入口の前まで走る。ダチョウはディオゲネスに追われ、おそらくは半分パニックになりながら左の方に走っていった。服部君が小走りでそちらに続き、僕の後ろにいた鴇先生と七森さんが進路を変え、ダチョウに先回りしようと倉庫の方に戻る。

「よし。服部君グッジョブ」

僕が声をあげると、服部君は振り返って首をかしげた。脱走防止までは反射的に浮かんだものの、さすがに状況のすべてを把握しているわけではないらしい。

強張っていた肩から力が抜けた。とりあえず引き返してくれさえすれば時間が稼げるのだ。敷地の出入口はここだけだし、周囲はフェンスに囲まれているから、敷地内にいてくれさえすれば、落ち着かせてから皆で捕獲できる。

ところが、ダチョウはなぜかいきなり方向転換すると、服部君の横を走り抜けてこちらに突進してきた。

真正面になった僕は一瞬、硬直した。なぜこちらに来る。

ダチョウの背後を見て、謎はすぐに解けた。ディオゲネスがこちらに向かってダチョウを追い立てているのだ。

「……おい」

ディオゲネスに悪気があるわけではないのは分かる。服部君はただ「行け」と命令しただけなのだろう。ディオゲネスはおそらく通常のイヌ以上の判断力で、ダチョウを追い払おうとしているだけだ。人のいない方——つまり、敷地の外に。

「服部君！」

「Σταμάτα（スタマータ）！」

服部君はそう怒鳴り、ディオゲネスは止まったが、勢いがついたダチョウはそのままこちらに突進してきた。僕はとっさに周囲に視線を走らせた。鴇先生も七森さんも遠すぎる。服部君はディオゲネスに飛びつかれている。僕一人だ。

だが、僕の後ろは出入口だ。ここで逃げてしまうと――。

ダチョウは速度を緩めないまま迫ってきた。僕の身長より高い位置にある目は、途中の僕を無視して出入口の方を向いていた。鮮やかな桃色をした、樫の樹のような立派な足がこちらに向かって蹴り出され、振り上げられる。羽毛を膨らませた巨体が正面からぶつかってくる。

僕はとっさに右に動き、左手を伸ばしてダチョウの頭を摑んでいた。右腕で後ろから首を抱えると同時に左手を押し下げ、相手に下を向かせる。勢いのついているダチョウに押されて足の裏が滑ったが、そのまま相手に体重をあずけ、ダチョウの体を横倒しにした。倒れ込みながら右膝をつき、ダチョウの上にのしかかってしまわないよう体を支える。くっつけている頬に当たった羽毛がふわりと温かかった。

どざざざ、と音がしてダチョウに蹴られた砂が舞い上がった。

このままでは伸ばした脚に蹴られる。左手を外して体をずらし、右膝を浮かせて相手の胴をまたぎ、ついた右膝と左膝で、倒したダチョウの尻を挟むようにした。左手を離してしまった瞬間、つつかれるかもしれない、と思ったが、倒されたダチョウが後ろを向いてこちらをつつくより先に腰を浮かせ、両腕を伸ばして長い首に組みつくことができた。

心臓が鳴っていた。僕は息苦しさをなんとかしようと荒く呼吸をしながら、後頭部をつつかれないよう頭を下げて、ダチョウの首をがっちりと抱えた。足の方は大丈夫だろうか、この体勢で、浮いているダチョウの足に蹴られないだろうか、と思うが、目で位置関係を確かめることはできない。馬に跨る時のように両腿を絞め、あとは目を閉じて耐えた。

足音が近寄ってきて、ばさり、と何かがかけられる音がした。目を開けて顔を上げると、鴇先生がダチョウの頭に羽織っていたパーカーを被せて目隠しをしたところだった。

「桃くん、怪我はない？」パーカーを丸めてダチョウの頭を覆いながら、鴇先生がこちらを見た。

「大丈夫です。たぶん」

押さえていた首を離し、空いた両手をずらして横倒しになった胴体を抱える。ダチョウの羽毛は温かくてふわふわで、インフルエンザに感染してもいいから頰ずりしてみたいものがあったが、そうもしていられなかった。

「桃さん」

心配そうな顔でこちらを見下ろしている七森さんに言う。「倒したままだと怪我しちゃうかもしれないから、起こして立たせよう。手伝って」

「はい」

「……おお。これはまた」少し離れたところから声が聞こえた。都筑刑事である。「逮捕術のお手本のようでしたな」

「いえ、普通はこんなことしません」飼育員は日常的にこんなことをしているわけではない。警察官が日常的に銃撃戦をしているわけではないのと同じである。

「いやいやいや。思わず拍手してしまいましたよ」都筑刑事は本当に手を叩いている。

「これだけで金をとれますな」

「いえ」胴を抱えてゆっくりとダチョウを起こしながら、僕は苦笑するしかない。「サーカスではないので、見世物はやりません」

そこは大事なところだった。人間が手出しをするのはあくまで、動物の健康と安全のためなのだ。

が、大事なところをちゃんと言えた、と満足して頷きかけた僕は、後ろから重いものに飛びかかられ、背中によじ登られた。

「先輩、お見事でした」服部君が真面目な顔で眼鏡を押さえた。「ディオゲネスも褒めていますよ」

「褒めてるのこれ？」ひとの襟足に股間を打ちつけるのがこの犬の褒め方か。「離してよ。このインフルエンザ、犬にうつらないっていう保証はないんだから」

ディオゲネスが七森さんの肩に移されると、僕と鴇先生は左右からダチョウを挟み、ゆっくりと誘導して倉庫に入った。檻の中にダチョウを押し込めて留め金をかけると、さっき結城に外されたらしき南京錠が足元に落ちていた。拾って留め金にかけ直し、ようやく長く息をつく。

「桃さん」

「とりあえず、これで大丈夫」ついてきていた七森さんになんとか笑ってみせようとしたが、疲労感でうまくいかなかった。「……どうなることかと思った」

「ウィルスが充満してるでしょうから、長居はしない方がよさそうね」そう言いながらも、鴇先生は他のケージの施錠を確認している。「出ましょう」

鴇先生に促され、七森さんに続いて倉庫を出る。明かりはつけっぱなしにしておいた。両手で扉を閉める時、中にいるハシブトガラスの一羽と目が合った。カラスは鳴くでもなく、暴れるでもなく、ただ翼を閉じてぼてっと突っ立ったまま、無表情な鳥の目でこちらを見ていた。

僕は目を閉じ、扉を閉めた。

二人の刑事と結城が横にいた。鴇先生が他の鳥の脱走の心配がないことを告げると、都筑刑事はほっとした表情になった。「……やれやれです。我々も検査を受けないといけませんな」

結城はその隣で、頑なにこちらに目を合わせなかったが、小さく舌打ちしたのが聞こえた。

それを見た瞬間、僕の腹のあたりから猛烈な怒りが吹き上がってくるのが分かった。これまでは状況が急で、自覚している暇がなかった怒りだった。

——なんで舌打ちなんかしていやがる。

頭が熱くなって、僕は結城の胸倉を摑んでいた。「おい」

結城はのけぞって顔をそらした。

「あんた、自分のやったこと分かってんのか」

結城は目をそらしている。言わなければ気が済まなかった。

「あの倉庫内は消毒が必要だ。中にいる鳥は一羽残らず殺処分になる」

二人の刑事に止められると思ったが、何もされなかった。

「インフルエンザが流行したらどうなるか分かるか？　養鶏場一ヶ所で感染が見つかれば、そこの鶏は一羽残らず殺処分しなきゃいけないんだ。百羽や千羽じゃない。万単位でだ。いずれ肉になる家畜だって、お前らのチンケな犯罪の巻き添えで死なきゃいけない理由は何もないんだ！」

結城は目をそらして黙っていた。

「それに野鳥に広がれば、症状の出た鳥は死ぬ。全国に広がったらもう手がつけられない。希少種のコロニーに感染が広がれば絶滅する鳥があるかもしれない。人里離れたねぐらで何万羽の鳥が死ぬか、分かってるのか？」摑んだ手に力を入れる。「どうせお前ら、誰一人そんなこと、考えもしなかっただろう」

一発ぐらい殴るべきだと思った。だがどんなに怒りを吐き出しても、手は出なかった。僕はそういうことができない人間のようだった。

だからさっさと手を離して、背を向けた。

背中のむこうの結城も、二人の刑事も、何も言わなかった。横にいる七森さんも鴇先生も、むこうでディオゲネスを従えている服部君も黙っていた。

ただ、鉄の扉に閉ざされた倉庫の中で、ハシブトガラスが一声、鳴いた気がした。

13

その後一週間で、事件は急速に解決に向かった。

翌日までの間に、倉庫内の鳥たちの感染は検査によってすぐに確認され、家畜伝染病予防法の規定に順じて、消毒と殺処分、死体の焼却がされた。新型インフルエンザに感染した鳥が大量に保管されていた、という事件はマスコミに大きく取り上げられ、防護服姿の人間が消毒薬を撒く映像と一緒に、倉庫の実質的な管理者が不明であることと、人為的にウィルス株が持ち込まれ、鳥たちが感染させられていたことが報道された。大山動物園からダチョウが盗まれた件と、そのダチョウがマラソン大会の日に走っていたことが知らされ、怪我をした見物客には注意が促されたが、その時点ではまだ仁堂製薬の関与は明らかにされなかった。おそらく新聞社やテレビ局の方はまだ、警察発表でしか情報を手に入れてなかったからだろう。数日ののち、それらの報道でも組織的な犯罪であることと、仁堂製薬が関与しているらしきことが触れられ始めたのだが、おそらくその時にはすでに、警察は仁堂製薬に捜査の手を入れていたと思われる。

そのタイミングで、週刊文椿のトップ記事が話題をさらった。事前に北村記者にお願いしていたためもあって、僕たちの個人名や楓ヶ丘動物園の名前は出なかったが、以前、無人のプレハブで起こった「ストーカー焼死事件」と本件の関係が、ほぼ僕たちの知る通りの形で詳細に記事になっていた。北村記者たちは仁堂製薬の内部からも情報を仕入れていたらしく、伝聞形ではあったものの、インフルエンザに関する「計画」の相談をする社員たちの会話が詳細に掲載されていた。

「そうすると、学校など経由で」

「まあ、どこの学校にも飼育小屋の鶏くらいはいますので」

「やはり中心は子供かな」

「まあ、あとはお年寄り。ジジババと孫、ですね」

「いいね、子供」

「全国展開するとなると何人くらいですかね」

「四、五人というところでしょうね」

「一人頭どのくらい」

「実際やってみないと分かりませんが、一億あたりはいってしまうかと」

「まあ金の方はわりとどうでもいいんだけどね」

「そこで割に合う合わないが決まるわけでもありませんしね」

「まあ、イメージの問題ですから。その点、子供は無敵ですよ」


人を死なせる話をしているのに、誰一人としてその実感がない。ぞっとするような会話だった。仁堂製薬側は関与を頑なに否定していたが、株価の方は一気に下がっており、今後、何らかの組織改編を余儀なくされるだろうことは確実だった。

僕はというと、ダチョウにまともに接触してしまった関係上、感染が疑われる状態になってしまっていた。症状は何も出なかったし、検査でも陰性と出たので一応はほっとしたのだが、園長は念のためということで、一週間の自宅待機と経過観察を僕に命じた。電話で一度話したが、鴇先生も同様だったらしい。仕事がないのだからのんびりして体力を回復させるなり、時間ができたらやろう、と思っていたあれこれに取り組むなりをすればよかったのだが、いざ急に時間を与えられてしまうとその気にもなれず、結局のところ、自宅に閉じこもって本を読んだりネットをしたりしているだけの、駄目人間の生活になった。人とも会わなかったので、何度か七森さんが「体調はどうですか？」と電話をしてきてくれなければ、会話の感覚までおかしくなっていたと思う。

一週間後、別の病院で再検査をし、異状なしと出た僕はめでたく職場に復帰できた。

それまで担当動物たちの様子が気になって悶々とし、ともすればあいつが体調を崩しているかもしれない、あいつが喧嘩をしているかもしれない、と心配していた僕は、その日は嬉しさで異様なテンションになってしまっていた。もちろん、担当の僕でなくとも仕事に支障がないよう、平素から代番のローテーションが組まれ、飼育日誌などの共有がされているわけで、本当は心配など不要なのだ。

普段は常々「もう少し休みがほしいな」と思っているのに、随分と奇妙なことだった。定年退職、あるいは何かの理由で失職した自分を想像するとなんとなくうすら寒いものがあったので、何かしら仕事と関係のない趣味を持たねばならないな、と思う。


日がすっかり短くなって、午後四時半の閉園時刻を過ぎるともう、周囲の建物はシルエットになり始めてしまう。もうすぐ冬がやってくる。楓ヶ丘動物園では防寒対策と、十一月の連休にやる予定のイベントの準備に職員が動いている。動物たちもよく食べて脂肪を溜め、分厚い冬毛に着替えて寒さに備えている。

僕は閉園後の午後四時五十分過ぎ、「アフリカ草原ゾーン」の柵越しに鴇先生と話していた。放飼場の掃除の途中なので竹ぼうきとちりとりは持っていたが、グレービーシマウマのコータローがなかなか寝小屋に入ってくれずにうろうろしているので、まだ本格的な掃除に移れないのだ。僕は何が落ち着かないのかかぽかぽと歩き回るコータローを目で追いながら、柵のむこうで熊手を持っている鴇先生と背中越しに、休んでいた間のことを話していた。

「……ええ。結局、電話で話したのはそこまでです。どうやったのか知りませんけど、北村さんたち、仁堂製薬の内部にも情報提供者を得ていたみたいですね。その人たちも北斗君みたいに、エフティー製薬に移るとか」

「ありうることね」

湧きあがるような風が僕の首筋を冷やして通り過ぎ、僕は目を細めてこらえた。歩き回っていたコータローも立ち止まって風をこらえると、ぶるる、と胴震いした。

「……北斗君、先生のとこに来ました？」

「この間、喫茶店で会ったけど」

「もうエフティー製薬に移ったんですよね。……口説かれました？」

「いえ……まあ、それとなくは」先生は斜め下を見て口ごもった。「研究に戻る気はないか、とも。……断ったけど。もちろん」

「じゃ、口説かれてついていっちゃう心配はもう、しなくていいわけですね」笑って振り向いたが、先生は目をそらして見ていなかった。「いてくれないと困りますよ？　仕事的にも回らなくなるし」

「いるってば」先生は熊手の柄を無意味にごしごしさすっている。「そんな、辞める気はないもの」

表の広場の方で、カラスが一羽、高く鳴いた。

「……手間をかけたわ。ありがとう」鴇先生が、聞こえるか聞こえないか、という声で呟いた。「私一人でやっていたら、危なかったかもしれない」

「うーん……どうでしょう」鴇先生は倉庫に侵入する時点で、週刊誌の記者も刑事も呼んでいたのだ。充分、周到な気がする。「まあ、なんとなくそんな気がしてたんです。先生は何か知ってて、一人で調べているんじゃないか、って」

「本当は、あなたに相談するのが正解だったでしょうね」

「いえ。……もと職場のことですから、微妙なの分かりますよ」

仁堂製薬にとってスキャンダルになるということは、北斗君たち、そこで働く人間の立場を危うくするということでもある。あるいは先生の中にも、公にしなければならないような犯罪でないなら、そのまま秘密裏に解決できるかもしれない、という気持ちがあったのかもしれない。

「二階で死んでいた男の顔には見覚えがあったの。それまでにも何度か、職場に訪ねてきていたから……。それで、おおよその背景は想像がついた。仁堂製薬は以前にも似たようなことをしていたし」

「以前にも……」さすがに、振り向いてそちらを見た。「まさかそれって、六年前の野兎病の……」

先生は頷いた。

野兎病は野兎との接触で起こるため、自然での感染例は少ない。だが野兎病菌自体は感染力が極めて強く、わずか数株の菌が生きていれば伝染するという。そのため研究機関では、バイオハザードが発生しないよう、厳重に管理されているというのだ。

「……意図的なものではなくて、その時はあくまで、過失によるバイオハザードだった」先生は当時のことを思い出したか、目を細めた。「ただ、流行によって仁堂製薬が得をしたのも確かだった。今回のことはおそらく、その時のことで味をしめた人間が考えたんでしょう」

「先生の部署で？」

「いいえ。……でも、調べてみたことはあった。野兎病菌は仁堂製薬でも扱っていたし、発生の経緯からして、明らかに人為的なものだったから」

「……それで、退職を？」

先生は答えなかった。

だが、想像はついた。鴇先生が獣医学科卒で製薬会社の研究職に就いたということは、おそらく彼女の専攻は人獣共通感染症だったのだ。だとすれば、社内で起こったバイオハザードにも当然気付くし、嗅ぎ回られれば、会社側はいい気はしないだろう。むしろ、積極的に飛ばすか、追い出す方向に動くのではないか。先生が退職当時、自分の新たな勤務先をばらさないよう言っていた、ということからすると、なんとなく身の危険を感じるような何かがあったのかもしれない。

だが、そう気付いた今、僕はなんとなくすっきりした気分になっていた。彼氏と喧嘩した勢いで仕事まで辞めてしまう、というのは先生らしくないと思っていたから、これで腑に落ちた部分もあるのだ。

はあ、と強く息を吐き、先生は熊手を持ち直した。「仕事に戻りましょうか」

「鴇先生。あ、桃さんも」

柵の外で声がしたのでそちらを見ると、七森さんが手を振って、ぱたぱた駆けてきたところだった。その後ろから服部君も歩いてきた。

「ちょうどよかったです。先生と桃さん、今日退勤後、ごはん行きませんか？　二人の職場復帰祝い、まだだったので」

七森さんはもう断らせんぞ、という笑顔で先生の腕を掴んでいる。

服部君も僕に言う。「ダチョウ肉を出す店が近所にできたようでしてね」

「おい」

「記念にいかがですか」

「いや……まあ、いいけど」もともとそういう動物である。ミニブタを担当する七森さんだって、焼き豚をおいしそうに食べることはしているのだ。

「そうね。じゃあ、退勤後に」鴇先生はわずかに表情を緩めて頷くと、熊手を持ち上げてみせた。「それまでは仕事」

「はい！」

七森さんは快活に走って去り、服部君は足音のしないいつもの歩調で爬虫類館に向かって歩いていく。先生がきびきびとした動作で道具を片付け始め、僕も放飼場を振り返ってコータローを見た。

まず、あやつを寝小屋に誘導しなければならない。そわそわしていることに何か原因があるのかもしれないから、その際には体や動き、さらに寝小屋で待つ他のシマウマとの距離感に注意する必要があるだろう。その後放飼場の掃除を終えて、飼育日誌をつけて、ボリビアリスザルの赤ちゃんの様子を見る。一時間後には出られるだろうか。

上の方でカラスの鳴き声が響き、僕は頭上を見上げた。深い赤から紫色に変わろうとしている宵の空を背景に、ねぐらに帰るハシブトガラスが二羽、並んで飛び去っていった。

注記：本編中では鳥インフルエンザ由来の新型インフルエンザウィルスが発生し、すでに海外でヒトへの感染例が出ていますが、二〇一三年二月時点では、現実にそのような状況は存在していません。

あとがき

著者の似鳥です。本書を手にとってくださいました皆様、まことにありがとうございました。厚くお礼申し上げます。長い冬がようやく終わったところなのですが[1]、ご健勝であらせられましたでしょうか。今春は桜が早く開き、長く続いております。これは急に暖かくなってまた寒くなる、という変な天気のせいばかりでなく、桜の花の神様たちが頑張っているのでしょう。

ご存じない方のためにご説明いたしますと、桜（ソメイヨシノ）というのは本来、月下美人よろしく一日程度しか咲かず、翌日にはほとんど散るはずの植物なのです。日本で桜が二週間も咲いているのは、お花見を楽しみにしている人たちがチャンスを逃してがっかりすることのないよう、桜の神様たちが落ちた花びらを毎日拾い集めてせっせと枝にハンダ付けしなおしてくれているからなんです。なんせ日本は八百万の神の国ですから、そういう神様だっていて当然なんです。神様たちは人間が思っているよりずっと身近なあちこちにいるのです。天に地に里に野山に、路地の側溝の中にも部屋のテレビの裏にもいます。密封したはずの米櫃や長い間開かなかった本のページの間にも入り込んでいます。神様はどうやら夜の間に人家に飛んでくるらしく、密閉性の高い現代の日本住宅でも、換気扇の隙間や風呂場の排水溝、コンセントの中といった場所から知らないうちに侵入しますので、お供え物は台所の窓や換気扇の直下、あるいは食品を置いておく棚の隅などに複数仕掛けておくといいでしょう。最近の神様は屋内であれば冬場でも活動しますので、冬場もお供え物は絶やさないようにしなければなりませんし、期限の切れたお供え物を放置しておくと神様の棲みかになってしまって逆効果なので、お供えした日をメモしておいてまめに取り替えましょう。

実際、この国は神様に満ち満ちており、太陽の神や山の神といったメジャーな神様以外にも様々な神様がおわします。普段意識されていないだけで、この世で起こるたいていのことは神様がなさっていると断言しても過言ではないほどです。湿度の高い日に文庫本のカバーがそり返るのも神様のおかげですし、ガムシロップが蓋を開ける時にぴゅっと飛び出すのも神様のおかげです。進学や就職をしたばかりで不慣れな人がネクタイを結ぼうとすると長さがうまく合わなかったりするのは、合いそうになるたびに神様がちょいちょい、と引っぱってずらしているからですし、本棚の本にやたらと埃がついているのは神様が地道に埃を一粒ずつつまんで載せていってくれているからです。本屋さんに行くと読んでいるシリーズものの次の巻だけ棚にないのだって、神様がまめにルート内の各店舗を回って棚チェックをしてくれている結果です。神様に詳しくない方は

(1) この原稿は四月初旬に書いています。北海道や高緯度地域の方にとってはまだ冬ですね……。

「どうして他でもないこの私が読みたい巻だけを棚から抜いて下さっているのか」を疑問に思うかもしれませんが、神様を甘く見てはいけません。最近の神様は高度にネットワーク化されているので、あなたの住所氏名年齢電話番号から職業病歴逮捕歴、カード番号、預金残高、振込履歴、口座番号程度の情報はとっくにご存知です。現金以外で買い物をすればいつどこで何を買ったか、好みは何で経済状態はどの程度で次に何を買いそうかはちゃんと記録してくださっていますし、どこの店舗で買ったか、どこの駅を使ったかも記録しておりますのであなたが何日何曜日にどこに行くかもちゃんとご承知です。電話にも神様がいらっしゃるためいつ誰と何を話したのかもすべて伝わりますし、駅や商店街でも定点観測して下さっているのであなたが何をしているか、どんな外見をしているか、誰と一緒にいてどんな顔をしていたか、何でもご存じです。自家用車やレンタカーの記録だけでなく昨今では主要道路上に「神システム」という見守り装置を設置してくださっているので、車で移動すれば何日何時何分にどこを通ったか、つまり目的地はどこかもちゃんと把握して下さっています。本屋さんであなたの買いたい巻だけがないのは神様たちのそうした努力の賜物なのです。

そう考えると、神様はあなたの夫やら彼女やらより——下手をするとあなた自身よりあなたのことをよく知っているのかもしれません。まあ現実には夫や彼女や自分だからってあなたのことを誰よりも知っていなければならないわけはなく、彼氏に弟がいたことを結婚するまで知らなかった、などという人なんかざらにいますし、民話でも妻が鶴だの蛇だの蛤だのであることを知らないまま夫婦をやっていた男の話が語り継がれています。そもそも神武天皇のお祖父様ですら奥さんがサメ（八尋和邇）であることを知らずに結婚されてますから、日本人なら恥じることじゃないんです。それにしても鶴や蛇はまだしも、奥さんが「蛤」ってすごくないですか。サメはまだ軟骨魚類ですが、蛤って軟体動物ですよ。イカとかナメクジとかクリオネの仲間ですよ。そりゃ奥さんだって隠すでしょう。「クリオネ女房」はちょっと可愛いですが。

蛤の人でなくても、人間なら積極的に語りたくない秘密の過去があって当然です。昔の職場、別れた男、転校する前はいじめられっ子だったこと、などなど。幼稚園児だって二歳の頃おむつをしていたことは「語りたくない秘密の過去」のはずだ、と考えると、（バレているかどうかは別として）秘密を持っていない人間なんていません。隣のおばあちゃんは実は引退した大女優かもしれません。同じクラスのA君は実は某財閥の御曹司かもしれません。いつもぶすっとした顔で仕事していてこちらが冗談を言ってもにこりともしない総務のBさんは実は異星人で、地球侵略のための人類調査として、とりあえず手始めに「地球人はイヌとネコのどっちが好きなのか」を探るために送り込まれたスパイかもしれません。彼女の机の上に置かれているミニサボテンは実はミニサボテン型の記録装置で、トゲの一本一本には彼女が収集した「周囲の人間がイヌ派かネコ派か」というデータがすでにぎっしり詰まっているのかもしれません。まあトゲ一本に「イヌ派かネコ派か」のデータしか入れられない程度の記録媒体を使っている文明なら

5・25インチのフロッピーディスクを使っていた七〇年代の日本の方がマシなくらいなので、彼女の星の人たちが侵略してきてもたいした脅威にはならないとは思われますが、それでも彼女が「この星の人間はイヌ派かネコ派か」を調査している、という事実は少し不気味です。なぜなら彼の星の人たちが「イヌ派の地球人に対しては超絶ラブリーな柴犬を派遣して散歩用のリードを咥えて期待に満ちた目で見上げるように仕向け、ネコ派の人間に対しては溜め息の出るようなロシアンブルーの子猫を派遣して膝の上で昼寝をするよう仕向ける」といった侵略作戦をとってきた場合、地球人の生産活動が長期にわたってストップしてしまうことになるからです。もしそうなった場合に戦えるのは、柴犬にキラキラした目で見上げられても平気なイヌ派とロシアンブルーの毛並みにキュンとこないネコ派、あとはイヌ派でもネコ派でもない地球人くらいになってしまうので、地球側はかなり不利です。主力になるはずの「イヌもネコも好きでない」方は将来、地球の命運を託されることになる可能性が大きいので、今のうちに自衛隊に入隊してレンジャー課程[2]に進まれておくとよいかと思います。

さりげなく自衛隊の宣伝をしたところで紙面が尽きました。なんで私が自衛隊の宣伝をしているのかよく分かりませんがそれは措きまして、今回はこのあたりで失礼を。最後になりましたが、この原稿が本になり読者の皆様に届くまでの間、様々な場所でご尽力いただいた方々に感謝を申し上げます。「プロットがなんかしっくりきません」という似鳥のはなはだ抽象的な泣き言に付き合って下さいました担当K玉様、ありがとうございました。ブログなど見ればお分かりの通り、私はわりとぼろぼろミスをするのですが、それらを丁寧に見つけて潰して下さる校正担当者様、ありがとうございました。そしてこの原稿とスカイエマ先生の画を合わせて本の形にしてくださるブックデザインの大久保明子様、印刷・製本業者の皆様、ありがとうございました。文春営業部の皆様、流通・取次担当者様、全国書店の皆様、よろしくお願いいたします。
　そして物質・精神両面で書き続けるエネルギーを下さる読者の皆様、今回もまことにありがとうございました。願わくは、次巻でまたお会いできますことを。

平成二十五年四月三日

似鳥　鶏

http://nitadorikei.blog90.fc2.com/　(ブログ)
https://twitter.com/nitadorikei　(twitter)

---

(2)　自衛官の、しかもとびきりタフな人たちがぼろぼろ脱落していくほどキツいそうです。

文春文庫

ダチョウは軽車両（けいしやりよう）に該当（がいとう）します

定価はカバーに表示してあります

2013年6月10日　第1刷
2017年4月20日　第5刷

著　者　似鳥（にたどり）　鶏（けい）
発行者　飯窪成幸
発行所　株式会社　文藝春秋

東京都千代田区紀尾井町 3-23　〒102-8008
TEL　03・3265・1211
文藝春秋ホームページ　http://www.bunshun.co.jp
落丁、乱丁本は、お手数ですが小社製作部宛お送り下さい。送料小社負担でお取替致します。

印刷・大日本印刷　製本・加藤製本
Printed in Japan
ISBN978-4-16-783861-4